永遠の恋人に誓って

シェリリン・ケニヨン
尾高梢［訳］

ライムブックス Luxury Romance

DRAGONSWAN

by Sherrilyn Kenyon

 This edition
published by arrangement with The Berkley Publishing Group,
a member of Penguin Group (USA) Inc.
through Tuttle-Mori Agency, Inc., Tokyo

永遠の恋人に
誓って

主要登場人物

シャノン・マクレー……………………歴史学者
セバスチャン・カタラキス……………ドラゴン・スレイヤー
ダモス……………………………………セバスチャンの兄
ブラシス…………………………………カタガリアのひとり
アクメネス………………………………ブラシスの仲間。カタガリア

1

ヴァージニア州リッチモンド

「ドラゴンには親切にせよ。なぜなら汝《なんじ》は、炙《あぶ》るとぱりぱりして、ケチャップをつけるとおいしいのだから」

奇妙な言葉を耳にして、シャノン・マクレー博士はメモをとる手をとめて眉をあげた。この数時間、有名な〈ドラゴン・タペストリー〉に目を凝らして、古英語の象徴的表現を解読しようとしていたのだが、邪魔が入ったのはこれがはじめてだった。

彼女はいらだちもあらわにペンを持つ手をあげ、後ろを振り返った。

そして、はっと息をのんだ。

そこにいたのは、うるさくてあつかましい小男ではなかった。長身で目もくらむほどセクシーな男が、博物館の小部屋を圧するように立っていた。彼が入ってきたときに、よくこの建物が揺れなかったこと。シャノンがそう思ったほど、圧倒的な存在感だ。

生まれてこのかた、こんな男性は見たことがない。これほど魅惑的に微笑《ほほえ》みかけられたのもはじめてだ。

ああ、なんてこと。目が離せないじゃないの。

身長が一九〇センチ以上ありそうな男は、平均的な身長のシャノンを見おろしていた。長い黒髪を後ろでひとつに結わえ、高価なあつらえの黒いスーツとコートを着ている。ラフな髪型には似つかわしくない服装だが、その堂々とした雰囲気にはぴったりだ。

ところがもっとも目につくのは、顔の左半分に刻まれた刺青《タトゥー》だった。髪の生え際から顎にかけて、色あせた深緑色の渦巻くような模様が刻まれている。古代の象形文字にも似た模様だった。

ほかの人がこんなタトゥーをしていたら不気味で奇妙に見えるだろうが、この男性からは威厳と存在感が感じられる。まるで誇り高い生まれを示す印のようにも見えた。

けれども、なによりシャノンの視線をとらえて離さないのは、彼の瞳だった。豊かで深い緑がかった金色の瞳には、あたたかな知性と活力があふれている。彼女は息もつけずに見入っていた。

男が少年っぽい茶目っ気たっぷりな笑顔を見せると、誘いかけるようなえくぼが浮かんだ。「口をきけなくしてしまったかな?」

なんてすてきな声の響き。どこのものかはわからないけれど、かすかに訛《なま》りがある。イギリス英語とギリシア語が混じりあったような独特な感じだ。深みがあって刺激的なのは言うまでもない。

「口がきけなくなったわけじゃないわ」シャノンは微笑み返したい衝動を抑えこんだ。「ただ、どうしてあなたがあんなことを言ったのかしらと思っていたのよ」

男は、さあね、とでもいうように広い肩をすくめ、金色の瞳でシャノンの唇を見つめた。唇がかさかさになる。さらにまずいことには、長々と見つめられるうちに、全身に欲望の火がついてしまった。

突然、小さなガラス張りの部屋が異様に暑く思えてきた。これでは展示室の窓が曇ってしまいそうだ。

男は両手をさりげなく後ろで組んでいるが、今にも動きだそうと身構えているようにも見える。誰かに襲いかかられたら、すぐにでも反撃に出ようとしているみたいに。

どうしてそんなおかしな考えが思い浮かぶのかしら……。

次に彼が口を開いたときには、その低い声がいっそう魅惑的に響き、誘いかけてくるように聞こえた。魔法の呪文《じゅもん》の糸を紡いで、シャノンをからめとろうとしているような声。「タペストリーを見ているきみがあまりにも真剣でこわい顔をしていたから、笑ったらどんな顔になるんだろうと思ったんだよ」

まあ、そんなことを言って人をその気にさせてだます気ね。甘い言葉をささやけばどんな女でも落とせると思っているんだわ。あの自信たっぷりな態度を見ればわかる。きっと今まで、目を合わせた女はみんな手に入れてきたに違いない。

そんな思いをのみこんで、シャノンは自分の黄褐色のコーデュロイのジャンパースカートと、ちっとも魅力的とは言えない細い腰にちらりと視線を走らせた。彼女はこの手の男性の目を引くような女ではない。振り返ってもらえれば運がいいくらいの、平凡な容貌《ようぼう》だ。

きっとこのセクシーな自信家は賭《か》けに負けたかなにかで、罰ゲームをさせられているのよ。でなければ、わたしなんかに声をかけてくるわけがないもの。

だが、彼には危険で謎《なぞ》めいた力強い空気は漂っていても、嘘《うそ》や偽りは感じられなかった。正直で、どういうわけかシャノンに心から関心を抱いているみたいに見える。

そんなこと、あるわけないじゃない。

「ええと、その」シャノンは左に一歩動きながら、スパイラル状の金具で綴じられたノートを閉じて、金具の空洞部分にペンを滑りこませた。「知らない人とはお話ししないことにしているので、これで失礼――」

「セバスチャンだ」

彼女ははっとして足をとめ、顔をあげた。「えっ？」

「ぼくの名前はセバスチャンだ」彼が手を差しだしてきた。「セバスチャン・カタラキス。きみは？」

本当にわたしに話しかけているの？　驚きだわ。

彼女は目をしばたたいた。「シャノンよ」そのまま思わず口走る。「Cで始まるシャノン」

セバスチャンは燃えるようなまなざしで彼女を見つめ、形のよい口もとにかすかな笑みを浮かべた。ちらりとえくぼがのぞく。彼にはなんとも言えない男らしいオーラがあった。こんな博物館に閉じこめられているより、どこか古代の戦場にでもいたほうがよほどしっくりくる。

彼は大きくてあたたかな手に、シャノンのひんやりとした手を包みこんだ。

「お目にかかれてうれしいよ、Cで始まるシャノン」

セバスチャンは古《いにしえ》の雄々しい騎士のごとく、彼女の指に口づけた。肌にかかる熱い吐息に、あたたかな唇の感触に、シャノンの心臓はどくんと音をたててはねあがった。大きな歓《よろこ》びに包まれて、うめき声をこらえるのが精いっぱいだった。

こんなふうに――求めてやまない大切なレディのように、彼女を扱ってくれた男性は今までひとりもいなかった。

彼のそばにいると、自分が美しくなったような気がしてくる。求められているような。

「教えてくれないか、シャノン」セバスチャンが彼女の手を放して、タペストリーに視線を移した。「なぜこれにそれほど夢中になっていたんだ?」

シャノンはタペストリーを振り返った。黄ばんだ布地いっぱいに複雑な刺繍《ししゅう》が施されたものだ。自分でもなぜかわからなかったが、幼いころにはじめて見たときから、この古代のすばらしい作品に魅せられてしまった。彼女は何年もかけて、三メートルの織物に丹念に描きだされた、男の子とドラゴンの誕生から始まるドラゴンの物語を研究してきたのだった。

タペストリーの由来については、学者たちがそれぞれの学説に基づいて、数えきれないほどの論文を執筆してきた。シャノン自身も、アーサー王の物語やケルトの伝統に関連づけた学位論文を発表している。

しかし、このタペストリーがどこから出てきたのか、どんな由来があるのか、誰ひとりとして知る者はいない。さらにいえば、ドラゴンと戦士のどちらが勝ったかもわからないのだ。

シャノンはなによりもそれが気になっていた。

「物語の終わりがわかったらいいのにと思って」

セバスチャンが口もとを引きしめた。「この話に終わりはないんだ。ドラゴンと男の戦いは現代にまで続いているから」

シャノンは眉をひそめて彼を見つめた。真剣な顔だ。「あなたはそう思っているってこと？」

「おや？」彼はのんびりと尋ねた。「ぼくの言うことを信じないのかい？」

「わたしは疑《うたぐ》り深いたちなのよ」

セバスチャンが一歩前に踏みだしてきた。シャノンはまたしても、彼のすさまじいまでの男っぽい存在感に圧倒され、欲望が全身を駆け抜けるのを感じた。「ほう、疑り深いたちなのか」彼が低くうなるような声で言う。「どうしたらきみに信じてもらえるのかな？」

後ろにさがるのよ。そうすべきだとシャノンにはわかっていた。それなのに足が言うことを聞かない。セバスチャンのさわやかで刺激的な香りが脳内に入りこんできて、膝の力を奪っていく。

なぜここに立って、この人と話していたいと思うのだろう？　彼のなにがそんな気持ちにさせるの？

ああ、もう、理屈はたくさん。本当はこの男性の魅惑的な体とひとつになりたいだけのくせに。あのハンサムな顔を両手ではさんで、彼の味に酔いしれるほどキスをしたいだけ。

まずいわ。なにかが決定的におかしくなっている。

〝メーデー、メーデー（船舶・航空機の国際無線救助信号。フランス語で「助けてください」の意）〟

「あなたはどうしてここに？」みだらな妄想を遠ざけようとして尋ねた。「中世の遺物を研究するようなタイプには見えないけれど」

セバスチャンの目がおもしろがるようにきらめいた。「このタペストリーを盗みに来たんだ」

シャノンは笑い飛ばそうとしたが、心のどこかでこの説明に乗ってみるのも悪くない気がした。「本気なの？」

「もちろんさ。でなければ、なんでぼくがここにいるんだ?」

「なんでかしらね?」

セバスチャンは、なぜ目の前の女にこんなにも引きつけられるのかわからなかった。全神経を集中させなければならない重要な問題にかかわっているときなのに、どうしても彼女から目を離すことができない。

シャノンはハニーブラウンの髪をなでつけてウェールズ風の銀のクリップでとめていたが、こぼれるように波打つおくれ毛が顔のまわりを縁どっていた。まるで髪そのものに命が宿っているかのようだ。

ああ、あの髪をほどいて、指をからめてみたい。裸の胸に髪を感じてみたい。

視線を落としてシャノンの丸みを帯びたみずみずしい体を眺めまわしながら、セバスチャンは笑いをかみ殺した。濃いブルーのシャツはボタンをかけ違えているし、靴下は左右が合っていない。

それでも、彼女が欲しくて気が変になりそうだった。

普段だったら、興味を引かれるタイプの女ではないのだが……。

彼女のクリスタルのようなブルーの瞳に惑わされているのだ。好奇心と知性に満ちたまなざしに。あのふっくらと潤った唇を味わってみたい。あの喉もとに顔をうずめ、彼女の香りを思いきり吸いこんでみたい。

　ああ、どんなにシャノンが欲しいことか。これほど切迫した欲望を覚えながら、どうして今すぐ彼女を腕に抱き寄せ、思いどおりにせずにいられるのか、自分でも信じられないほどだ。

　セバスチャンは肉体的な欲求を抑えられるタイプの男ではなかった。とくに内なる野獣が頭をもたげているときには。この女性には、すでに致命的な部分を危険なまでにかき乱されている。

　彼がこの博物館にやってきたのは、今夜のために建物の構造を把握して、タペストリーがどこに保管されているかを確認するためだった。寂しい夜をともに過ごす女を探していたわけではない。少なくとも、家に――ひとりぼっちの家に戻るまで、そんなことをする気はなかった。

　だが、家に戻るまでにはまだまだ時間がある。ホテルの部屋でじっと時を過ごすよりは、彼女の瞳をのぞきこんでいたほうがずっといいではないか。

「一杯つきあってくれないか？」

シャノンはびっくりしている。どうやら彼にも、それだけの影響力があったということらしい。彼女はセバスチャンがそばにいることでそわそわして、今にも跳びあがりそうだ。落ちつかせてやりたいと彼は思った。

「知らない男の人とは出かけないことにしているの」

「でも、それではいつまでたってもぼくのことを知ってもらえない……」

「まじめに言っているのよ、ミスター・カタ——」

「セバスチャンだ」

シャノンが首を振った。「あなたって、しつこい人ね」

彼女はわかっていない。

セバスチャンはふくれあがる衝動を押し殺し、シャノンに手を伸ばして脅かしたりしないように両手をポケットに突っこんだ。「根っからそういう性格なんだよ。自分が欲しいと思うものに出会うと、追い求めずにいられないんだ」

シャノンが眉をつりあげて、いぶかしげに彼を見た。「いったいどうしてわたしなんかと話をしたいの？」

この問いかけにセバスチャンは仰天した。「マイ・レディ、きみは鏡を持っていないのかい？」

「持っているわよ。でも、魔法の鏡じゃないの」シャノンは顔を背けて歩き去ろうとした。

セバスチャンは持ち前の驚異的なスピードで動いて、彼女を引きとめた。「いいかい、シャノン」やさしく言い聞かせる。「どうもなにかしくじったようだが、ぼくは……」彼は言葉を切り、もう少し長くシャノンをとどめておくのにいい方法はないかと頭をめぐらせた。

彼女は肘をつかんでいるセバスチャンの手を見つめている。彼はしぶしぶ手を離したが、心はシャノンをつかまえておきたいと悲鳴をあげていた。あとがどうなろうといいじゃないか。だが、彼女は自分の意思を持った女性だ。すぐに彼の種族の第一の掟《おきて》が頭をよぎった。〝女性が自らの自由な意思で与えてくれるものでない限り、手に入れるべからず〟

セバスチャンでさえ、破る気にはならない掟だ。

「なあに？」シャノンがそっときいた。

彼は深く息を吸いこんだ。権利や掟などかまわずに彼女を求めたいという自分のなかの獣の部分、われながら恐ろしくなるほどの激しい欲望がたぎる部分と必死に闘いながら。

無理やり笑みを浮かべる。「きみのこと、とてもすてきな女性だと思ったんだよ。この世界ではそんなふうに思える人にめったにお目にかかれないから、少しでも一緒に過ごせたらと思ってね。そうすればぼくにきみのいいところがうつるかもしれないだろう」

シャノンは思わず笑ってしまった。

「おや」彼がからかった。「笑えるんだ」

「笑えるわよ」

「なあ、いいだろう？　角にレストランがある。そこまで一緒に歩いていくのは、ごく普通のことじゃないか。約束するよ、頼まれない限り、かみついたりしないって」

その風変わりなジョークに、シャノンはかすかに眉をひそめた。なぜこの人はこんなにも魅力的なの？　なにかがおかしい。「さあ、どうかしら」

「なあ、誓ってもいい、ぼくは異常者ではないよ。風変わりで特異体質だが、異常者ではない」

彼女はまだ判断がつきかねていた。「刑務所は、女にそういうせりふを言ったことのある男であふれているんでしょうね」

「ぼくは絶対に女性を傷つけたりしない。まして、きみを傷つけるなんて」

彼が心から言っているのを感じて、シャノンは信じる気になった。なにしろ自分でも警戒心を感じないのだ。頭のなかで〝逃げろ〟とささやく声も聞こえてこない。

それどころかセバスチャンに引きつけられ、そばにいることで穏やかな気持ちになっている。まるで彼といるのが自然なことのように。「じゃあ、行きましょうか?」

「ああ」セバスチャンが腕を差しだした。「さあ、どうぞ。牙《きば》は隠して、気持ちはコントロールすると約束するよ」

会ったばかりの男と出かけるなんてはじめてだった。普段は相手のことをよく知ってからでなければ、デートをすることなどありえない。

それなのに、シャノンはコートをはおってセバスチャンの腕に手をのせた。

引きしまった筋肉を感じたとたん、全身に衝撃が走った。腕の感触から、しゃれたコートとスーツの下にすばらしい肉体がひそんでいるのがわかる。

「あなたって、ほかの人とは違うわね」部屋を出ていきながら、シャノンは言った。「どこか古い世界の人という感じがするわ」

セバスチャンが博物館のロビーに通じるガラス扉を開けた。「〝古い〟というのは重要な意味を持つ言葉だ」

「それなのに、とてもモダンな感じもする」

「ふたつの文化の狭間《はざま》にとらわれたルネッサンスの男か」

「そうなの？」

彼が横目でおもしろがるようにシャノンを見た。「本気できいているのかい？」

「ええ」

「ぼくはドラゴン・スレイヤーなんだ」

彼女は声をたてて笑った。

セバスチャンが鼻を鳴らす。「また信じていないんだな」

「あなたがあのタペストリーを盗みに来たと言ったのも当然ね。伝説の生き物を退治することなんて、そうそうないでしょうから。とくに今の時代には」

彼の緑がかった金色の瞳は、シャノンをからかうように見つめている。「ドラゴンの存在を信じていないのか？」

「もちろんよ」

セバスチャンは舌打ちした。「本当に疑り深いんだな」

「実際的な人間なの」

彼は舌で歯をなぞって、いたずらっぽい笑みを浮かべた。ドラゴンの存在を信じていない実際的な女性が、ドラゴンのタペストリーの研究をして、シャツのボタンをかけ違えている。こんな人間、ほかのどの時代にも絶対にいるわけがない。その彼女がすでにセバスチャンの体に不思議な影響を与えていた。

まだろくに触れあってもいないのに、彼の体はシャノンを求めて高まっていた。彼女は軽く腕に手をのせているだけで、なにかあればすぐにでも逃げだそうとしているように見える。

シャノンに逃げられることだけは避けたい。そう思う自分に、セバスチャンはなにより驚いていた。

世捨て人の彼は、普段は、肉体的な欲望が孤独を求める欲求を超えたときだけ他人と接触する。そういうときでも、かかわりあいは短く限られたものだった。女とは一夜限りのつきあいに徹し、互いに満たされるとすぐにもとの孤独な世界へ戻ることにしていた。

だらだらとつまらない会話をして過ごすことはない。女については、名前とどうやって触れれば喜ぶか以外、知りたいと思ったこともなかった。

だが、シャノンは違った。セバスチャンは、彼女の声の調子や、話をするときの瞳のきらめきが好きだった。なにより、シャノンが彼を見るとき、顔じゅうに笑みが広がるのがうれしい。

それにあの笑い声……天上の天使でも、あれ以上に美しいメロディを奏でられるとは思えない。

セバスチャンはレストランのドアを開け、シャノンがなかに入るまで押さえていた。わきを通り過ぎる彼女の背中に視線を走らせると、いっそう欲望が募るのを感じた。

シャノンのあたたかな裸身をこの腕に抱けるのならば、なにを差しだしてもかまわない。なめらかな体のラインに手を走らせ、首筋に唇を這《は》わせて、彼女のなかに身を沈めたい。彼女をこの手でもだえさせたい。

セバスチャンは無理やりシャノンから視線を引きはがし、店の女主人に声をかけた。そして、自分たちをほかの客から離れた一角に座らせるようにとテレパシーを送った。シャノンとふたりきりになるために。

もっと早くに彼女と出会えていれば、どんなによかったか。この呪《のろ》われた街に来て一週間になるが、ずっと家に帰るときを待ちわびていた。家にはあたたかな安らぎはなくとも、なじんだ場所の安心感がある。この一週間はひとりぼっちで夜を過ごし、ふらふらと通りをうろついてやり過ごしてきた。

夜明けにはここを去らなくてはならない。だがそれまでは、できる限りシャノンと過ごして、寂しさをやわらげたかった。長いあいだじりじりとさいなまれてきた心の痛みを鎮めたかった。

女主人に案内されていくあいだも、シャノンは後ろにいるセバスチャンを意識していた。彼が今にもかぶりつきそうな勢いで、熱いまなざしを彼女の体に注いでいるのがわかる。

けれどもそれ以上に信じがたいのは、シャノン自身が彼にかぶりつきたいと思っていることだった。今まで男性といて、こんなに女らしい気持ちになったことはない。この手と口で相手の体を探ってみたいと思ったことも。

「緊張しているね」店の奥の薄暗い隅の席に腰をおろしてから、セバスチャンが言った。

シャノンはメニューから顔をあげて、緑がかった金色の瞳をとらえた。どこか野生の獣を思わせる瞳だ。「あなたって、信じられないほど勘が鋭いのね」

セバスチャンが彼女のほうに身を乗りだした。「もっとひどいことをさんざん言われてきたよ」

「そうでしょうとも」シャノンはまぜっかえした。そう、彼には無頼者の雰囲気がある。危険で、翳《かげ》りがあって、魅惑的だ。「あなたは本当に泥棒なの？」

「〝泥棒〟の定義は？」

彼女は声をあげて笑ったが、セバスチャンが冗談を言っているのか本気なのかわからなかった。

「教えてくれないか」ウェイトレスが飲み物を持ってくると、彼は言った。「きみはなんの仕事をしているんだい、Cで始まるシャノン？」

彼女はウェイトレスにコークの礼を言ってから、セバスチャンに視線を向けた。彼はわたしの職業をどう思うだろう？　なぜかたいていの男性は、彼女の職業を知ると怖じ気《おけ》づくのだ。「わたしはヴァージニア大学の歴史学の教授なの」

「すごいな」セバスチャンは心から感心している。「専門はどの時代の文化？」

シャノンは驚いた。彼はこの仕事のことをよくわかっているようだ。「主にノルマン征服以前のブリテンよ」

「アー。ホワット・ウェー・ガールデナ・ヒヤー・ダーグム・セードゥ・クニンガ・スリーム・フルーノン、フー・サ・アゼリンガ・セレン・フレメドン」

セバスチャンが口にした古英語に、彼女は度肝を抜かれた。まるで生まれたときから使ってきたような話し方だ。こんなにハンサムな男性が、わたしの愛する話題にこれほど通じているなんて。

シャノンは訳してみせた。「聴け。古の時代の槍《やり》のデーン人を統べた王たちは、いかに勇敢で偉大であったか。われわれはかの王たちの武勇を耳にしてきた」

彼がまた身を乗りだした。「『ベーオウルフ』をよく覚えているんだね」

「古英語はかなり勉強したもの。仕事柄、当然のことよ。でも、あなたはちっとも歴史学者には見えないわ」

「ああ、違うよ。どちらかというと役者みたいなものかな」

それならば彼の風貌も説明がつく。博物館で感じた存在感や威厳のある騎士のような雰囲気も、当然なのかもしれない。

「今日、博物館にいたのは中世の研究のためかい？」

シャノンはうなずいた。「もう何年もあのタペストリーの研究をしているの。この手で隠された謎を解き明かしたいのよ」

「なにを知りたいんだ？」

「誰がなんのために、あのタペストリーをつくったのか？　あの物語の由来は？　それに博物館がどうやって手に入れたのかも知りたいの。博物館には、あのタペストリーをいつ誰から購入したかについての記録がないのよ」

セバスチャンが淡々と答えはじめたので、シャノンは驚いた。「博物館は一九二六年に匿名の収集家から五〇〇〇ドルで購入した。それ以外の質問についてだが、タペストリーは七世紀のブリテン島にいたアンティフォーネという女性がつくったものだ。あの物語は彼女の祖父と兄による、善と悪との永遠の戦いを描いている」

彼のまなざしが真剣そのものだったので、シャノンは思わず信じそうになった。奇妙だが筋は通る。あのタペストリーの物語には結末が描かれていないのだから。

でも、そんなことあるわけないわ。「ふうん、アンティフォーネねえ」

セバスチャンは頭を振った。「人の話をまったく信じていないんだな」

「あら、ご親切なだんな様《サー》」彼女はふざけてイングランド訛りで言った。「信じていないわけじゃないわ。だけど、歴史学者としては事実をたしかめないと。そのアンティフォーネや収集家との取引についての証拠はあるの？」

「あるよ。でもぼくがその証拠を見せても、きみは喜ばない気がするんだ」

「どうして？」

「死ぬほど恐ろしい思いをすることになるからさ」

シャノンは背筋を伸ばした。彼の話をどう受けとめていいかわからなかった。正面に座っているこの男性はいったい何者なのだろう？　彼といるとぴりぴりしどおしなのに、なぜかどんどん危険な方向に引き寄せられていく。理性に抗《あらが》って、引きつけられていくのだ。

料理がテーブルに並べられるあいだ、ふたりは黙っていた。

シャノンは食べながらセバスチャンを観察した。店内の蠟燭《ろうそく》の明かりを受けて、猫の目のように光る瞳。手はたくましく節くれ立っている――きつい仕事に慣れた手だ――が、裕福で恵まれている人特有の雰囲気もある。なにごとも自分で決められる力を持つ男の雰囲気だ。

なんて謎めいた人だろう。ふたつの面があって、彼といると守られているように感じる一方、不安な気持ちにもなる。

「きいてもいいかな、シャノン？」セバスチャンがふいに尋ねた。「きみは教えるのが好きかい？」

「好きなときもあるわ。でも、いちばん好きなのは研究ね。古い文献を調べて、過去をつなぎあわせていくのが好きなの」

彼はふっと笑った。「気を悪くしないでくれよ。だけど、ものすごく退屈そうな仕事だ」

「ドラゴン退治はさぞおもしろいんでしょうね」

「ああ。どの瞬間もまったく予測がつかないからね」

シャノンは口を拭《ぬぐ》った。目の前の彼は、完璧《かんぺき》なヨーロッパ風のテーブルマナーで食事をしている。この人、ものすごく教養のある人だわ。それなのにどこか野蛮な雰囲気がある。「それで、どうやってドラゴンを殺すの？」

「鋭い剣を使う」

彼女は頭を振りながらセバスチャンを見つめた。「それはそうでしょうけど、どうやってドラゴンをおびきだすの？　あなたのほうから近づくの……？」

「いちばん簡単なのは、こっそり忍び寄ることだな」

「そして、敵が目を覚まさないように祈るのね」

「目を覚ましてくれたほうがやりがいはある」

シャノンは微笑んだ。セバスチャンの機知に富んだ話しぶりにすっかり夢中になっていた。なにより彼が、色目を使ってくる周囲の女たちにちっとも気づいていないところがいい。まるでシャノンしか目に入っていないかのようだ。

基本的に彼女は、この手の男女の駆け引きが苦手だった。いちばん最後につきあった恋人はワシントンDCの記者だったが、彼はシャノンにおのれの性格や肉体的な欠点をいやというほど思い知らせてくれた。だから彼女はもう二度と、対等でいられないような関係はごめんだと思っていた。

次に恋愛をするなら自分と同じような相手——平均的な外見の歴史学者で、研究中心の生活をしている人がいい。似た者同士のほうがうまくいく、と。

セクシーで謎に満ちた見知らぬ男、見ているだけで欲望に血がたぎるような男は望んでいないのだ。

〝シャノン、自分の気持ちに耳を傾けてみたらどうなの？　この人を欲しがらないなんて正気の沙汰《さた》じゃないわ！〟

そうかもしれない。でもこんなこと、今まで一度もなかったんだもの。

「あの」彼女は言った。「さっきからずっと、妙な胸騒ぎがして仕方がないの。

このあとあなたにどこかへ連れていかれて裸で縛られ、あなたのお友達に笑い物にされるんじゃないかって」

セバスチャンが眉をあげた。「そういうことがしょっちゅうあるのかい？」

「まさか、一度もないわ。でも、今夜はなんだかドラマの『ミステリー・ゾーン』のなかの話みたいなんだもの」

「ロッド・サーリングのナレーションはないよ。これはドラマじゃなくて現実だ。ぼくといればきみは大丈夫さ」

なんの根拠もない言葉だったが、シャノンは彼を信じた。

その後の数時間、彼女は人生最高の食事と会話を楽しんだ。セバスチャンは信じられないほど話しやすかった。ただ、やっかいなことに、ホルモンに火をつけられてしまった。

一緒に過ごす時間が長くなるにつれ、ふたりはどんどん打ち解けて、彼がますます魅力的に見えてきた。

シャノンはちらりと腕時計を見て息をのんだ。「もうこんな時間。日付が変わってしまうわ」

セバスチャンも腕時計を見た。

「ここで話をやめたくはないけど」彼女はテーブルにナプキンを置き、椅子を後ろに引いた。「もう行かないと。タクシーが拾えなくなってしまうから」

彼がシャノンの腕にそっと触れて押しとどめた。「ぼくが送っていくよ」

シャノンは反論しようとしてやめた。今夜ともに数時間を過ごした今は、セバスチャンといると不思議なほど安らいだ気分だった。彼なら心を開いてすべてを受け入れてくれそうで、そばにいるとくつろげる。

まるで、久しぶりに会った古い友人みたいに。

「わかったわ」シャノンはほっとして言った。

セバスチャンは食事代を払うと、彼女がコートを着るのに手を貸し、先に立ってレストランを出た。

通りにとめてあるというセバスチャンの車まで行くあいだ、シャノンはひとこともしゃべらなかったが、彼の磁力のような男らしい存在感を全身の細胞で意識していた。

彼女は社交的なほうではないが、デートはこれまでに何度もしてきた。恋人も何人かいたし、フィアンセがいたこともある。しかし今まで誰に対しても、今日出会ったばかりのこの男性に対するような気持ちになったことはなかった。

まるで魂の欠けている部分を、セバスチャンがぴったり埋めてくれそうな感じがする。

〝ばかね。どうかしているわ〟

そうよ、どうかしてしまったに違いない。

シャノンは彼のスポーティなグレーのレクサスの前で足をとめた。「ずいぶん贅沢《ぜいたく》なのね」

セバスチャンはいたずらっぽくウィンクしながら、車のドアを開けた。「なんならドラゴンに変身して、空を飛んで家まで送ってあげてもいいんだよ。でも、きみはいやがりそうだ」

「それはそうよ。うろこがあたって、すりむけそうだもの」

「たしかにね。それに、前につくづく思い知らされたんだ。連中は本気で軍隊を出動させてくるんだよ。ほら、なにしろこっちは翼を広げると一二メートルもあるだろう？　戦闘機をよけるのは大変なんだ」彼は助手席側のドアを閉めると、運転席のほうにまわった。

　シャノンはまた声をあげて笑った。考えてみれば、今夜はずっとこんなふうに笑っている。わたし、本気でこの人が好きなんだわ。

　車に乗りこんで狭い空間にふたりきりになったとたん、セバスチャンの体はびくっと反応した。シャノンの女らしい香りが頭のなかに入りこんでくる。なんて近くにいるんだ。このまま味わってしまえそうじゃないか。

　今夜はずっと、シャノンが耳に心地よい甘い声で、南部人らしくゆったりと話すのに耳を傾けていた。彼女の舌と唇の動きを眺めながら、あの舌と唇に触れられたらどんな感じだろうと想像していた。そして、シャノンを腕に抱いて、彼女が歓びの声をあげるまで愛しあえたらと思った。

　自分がシャノンにこれほど強く引かれていることがショックだった。なぜ今、こんな気持ちになるんだ？　よりによって、この時代に長くとどまることができないときに。これでは彼女をもっとよく知ることもできない。

　くそっ、運命の三女神《フェイツ》め。どうしてこうも、死すべき運命の者たちに干渉するのか。

そんな思いを振り払い、セバスチャンはシャノンが滞在しているというホテルまで車を走らせた。

「きみはこの街に住んでいるわけではないんだね？」駐車場に車をとめながら尋ねる。

「ここにはタペストリーの研究のために、週末だけ来ているの」シャノンがシートベルトをはずした。

セバスチャンは車からおりて助手席のドアを開けてやり、彼女を部屋まで送っていった。

シャノンはドアの前でためらい、セバスチャンの顔を見あげた。魅惑的な瞳が熱く燃えている。この人は危険だ。ホットでセクシーすぎる。

また会えるのかしら？　彼はわたしの電話番号を尋ねなかった。メールアドレスさえきかなかった。

望みなしね。

「ありがとう」彼女は言った。「今夜は本当に楽しかったわ」

「ぼくも楽しかったよ。つきあってくれてありがとう」

〝キスして〟いきなり、そんな言葉が頭をよぎった。この人と体を重ねたらどんな感じがするか、知りたくてたまらない。

次の瞬間、シャノンは彼の腕のなかに引き寄せられ、唇を重ねられていた。セバスチャンは彼女の背中を両手でしっかりつかみ、その感触にうめき声をあげた。ぎゅっと抱き寄せると、全身がかっとほてる。彼女を自分のものにしたかった。シャノンの舌がからかうように、彼の舌をなぞってくる。

そして手がさっとうなじに触れただけで、セバスチャンは全身がぞくりと震え、下腹部が彼女を求めて脈打ちはじめた。彼は目を閉じ、五感を駆使してシャノンを味わおうとした。蜜《みつ》のような唇を味わい、肌に触れるやわらかであたたかな手の感触をたしかめる。女性らしい花のような香り。彼の情熱に熱っぽく応《こた》えてくる荒い息づかい。

〝彼女を奪うんだ〟セバスチャンのなかの獣の部分がうなり声をあげて暴れている。彼の人間の部分にかみつき、爪を立て、負けを認めろと訴えてくる。彼女を欲しがっているのだ。

激しい攻撃にさらされて、セバスチャンは屈服しそうになった。自分を抑えようとするあまり両手が震える。苦しさにうめき声が漏れた。

彼のたくましい腕にがっちりと抱きすくめられて、シャノンはうめいた。強く押しつけられた胸から鼓動が伝わってくる。

セバスチャンの情熱はシャノンを包みこみ、満たし、欲望に火をつけた。彼の服を脱がせて、触れあっている体が感触どおりの見事なものなのかどうか見てみたい。もうそれしか考えられなかった。

彼はシャノンの背中をドアに押しつけて、さらに激しく唇を重ねてきた。男性的な香りが彼女の感覚を満たし、圧倒する。

セバスチャンは彼女の唇から頬へと口づけ、それから首筋に唇を押しあてた。

「きみを愛させてくれ、シャノン」耳もとでささやく。「きみのあたたかでやわらかな体と触れあいたい。きみの吐息を素肌に感じたい」

知りあって間もない相手にこんなことを言われて、本来なら怒ってもいいはずだった。だが、もうやめなければと自分に言い聞かせても、どうしてもやめる気にはなれなかった。

心の奥深いところで、シャノンもまた彼と同じことを求めていた。

理性もなく、正気でさえないかもしれない。それでも彼女は痛いほどセバスチャンを求めていた。

生まれてこのかた、こんなまねは一度だってしたことがない。一度もだ。しかしシャノンはホテルの部屋のドアを開けて、彼をなかに招き入れた。

セバスチャンは自制しようと必死になっていたが、ほっとして息をついた。もう少しで女性に対して自分の力を行使するところだった。こんなことははじめてだ。彼の種族は、人間の自由意思を変えさせるために力を行使することを禁じられている。それが許されるのは、自分たちやほかの誰かの命を守るときだけだ。彼は今までに一度か二度、自らの目的のためにこの規則を曲げたことがあった。

今夜もしシャノンに拒絶されていたら、間違いなく禁を犯していただろう。だが、彼女は拒絶しなかった。ささやかな恵みを与えたもうた神に、感謝しなくてはならない。

シャノンがカード式のキーをドレッサーに置いた。ためらっているのか、不安そうだ。

「きみを傷つけるようなことはしないよ、シャノン」

とまどいの笑みが浮かんだ。「わかっているわ」

セバスチャンは彼女の顔を両手ではさみ、空を思わせる青い瞳をじっとのぞきこんだ。「きみは美しい」

引き寄せられて再び唇を重ねられ、シャノンは息をのんだ。今夜あったことは、自分の気持ちも含めて、なにもかもが信じられないことばかりだ。彼女は説明を求めるようにセバスチャンにしがみついた。どうして彼を部屋に入れたのだろう?

なぜわたしは彼と愛しあおうとしているの？　知らない人なのに。なんにも知らない人なのに。それに、二度と会うことのない人だ。

それでも、そんなことはどうでもよかった。大事なのはこの瞬間だけだ。今は彼を抱きしめ、できるだけ長くこの部屋にとどめておきたい。

セバスチャンの手が彼女の髪をほどいて背中に垂らした。それからコートを脱がせてくれた。シャノンはそれが床に落ちるに任せた。セバスチャンが彼女の腕をなであげながら、飢えた瞳でじっと見おろしてくる。今まで男性にこんなまなざしを向けられたことは一度もない。激しい切望と所有欲がたぎるまなざしだ。

不安と興奮を覚えつつ、シャノンはセバスチャンがコートを脱ぐのを手伝った。満たされぬ欲望に瞳を暗く翳らせながら、彼はジャケットをぞんざいに脱ぎ捨てた。あとで皺《しわ》になることなどまったく気にしていない。一分の隙《すき》もない完璧なスーツも今はどうでもいい、シャノンのほうが大切だと言わんばかりだ。彼女はうれしくなった。

彼はネクタイをゆるめて、頭の上から引き抜いた。

シャノンがシャツのボタンをはずそうとすると、セバスチャンは目を細め、彼女の右手をとって指先を口に含んだ。彼女の全身にさざなみのように歓びが広がる。それから彼はシャノンの手を自分のシャツのボタンに戻し、熱っぽいまなざしで見守った。

セバスチャンを求めて熱くなりながら、シャノンはボタンをひとつひとつはずしていった。目で手の動きを追うように、自分の手で少しずつむきだしにした肌を観察していく。ああ、この人はまるでわたしの夢から抜けだしてきたみたいな体をしている。かたく引きしまった筋肉を、見たこともないほど官能的な日に焼けた浅黒い肌がぴったりと覆っていた。うっすらと生えた黒い毛が、いっそう侵略者めいて、危険で男らしく見える。

かたい腹部に残る傷跡を見て、シャノンは手をとめた。指で傷跡をなぞり、皮膚が盛りあがって色の薄くなっている部分をかすめると、セバスチャンがはっと息をのむのがわかった。「これはどうしたの？」

「ドラゴンは鋭い鉤爪《かぎづめ》を持っているからね」彼がささやく。「ときどき逃げるのが間に合わないときがあるんだ」

彼女は腰骨の近くのひどい傷跡に手をあてた。「もっと小さなドラゴンと戦うようにしたほうがいいかも」

「そんなずるはできない」

セバスチャンがシャツを脱いだ。シャノンはむきだしの胸を見て息をのんだ。なんておいしそうなの。ぴんと張りつめた胸筋にてのひらを這わせ、その感触にうっとりする。それから引きしまった肩へと指を走らせた。肩にはドラゴンのタトゥーが刻まれている。「ドラゴンが好きなのね？」

彼は笑った。「ああ」

セバスチャンはじっと耐えて、シャノンが自分に慣れるのを待っていた。とはいえ、楽なことではなかった。なにしろ今は、彼女をベッドに横たえて、下腹部のうずきを癒《いや》すことしか考えられないのだから。

彼はシャノンの首筋に軽く歯を立てながら、ジャンパースカートのボタンをはずして床に落とした。目の前の彼女が身につけているのは、あとは靴とボタンをかけ違えたシャツだけだ。四〇〇年以上生きてきて、これほどセクシーな光景を見たのははじめてだった。「いつもこんなふうにボタンをとめるのかい？」

シャノンが下を見てはっとした。「まあ、いやだ。今朝は慌てていて――」

セバスチャンはキスで彼女の口をふさいだ。「いいんだよ」唇を重ねたままささやく。「気に入ってるんだ」

「あなたって、本当に変わった人ね」

「きみは女神だ」

彼は首を振っているシャノンを抱えあげ、ベッドに向かった。彼女は緊張でぴんと張りつめたセバスチャンの胸に両手をあてた。触れているだけで、彼が欲しくてたまらなくなってくる。セバスチャンが彼女をそっとベッドに横たえ、両手をふくらはぎから足へと走らせて靴とソックスを脱がせると、肩越しに放《ほう》った。

シャノンはどきどきしながら、セバスチャンが彼女のヒップから腹部へ唇を這わせるのを見ていた。彼はゆっくりとシャノンのシャツのボタンをはずし、むきだしにした肌の隅々まで口づけた。

体を味わいつくそうとするような唇の動きと感触に、シャノンはうめき声をあげた。快感に腹部がうずき、全身が震える。セバスチャンに満たしてもらいたくてたまらなかった。

彼を自分のなかに感じたい。でないと、全身を駆け抜ける炎に焼きつくされてしまいそうだ。

セバスチャンはシャノンがしっとりと潤っているのを感じた。体は彼女を求めて悲鳴をあげていたが、まだ味わい足りない。もっともっと味わって、みずみずしい体を記憶に焼きつけておきたかった。

こんな気持ちになるとは自分でも驚きだった。これまで一度もなかったことだ。不思議なことに、シャノンは彼に心の平和と安らぎを与えてくれる。ぼろぼろの心の寂しさを埋めてくれるのだ。

セバスチャンは彼女の首筋に顔をうずめた。シャノンのかたくなった乳首が胸にこすれ、彼女の手が背中をさまよう。「こうしているとすごく気持ちがいい」彼はシャノンの香りを胸いっぱいに吸いこんだ。

彼女は荒い息をついた。セバスチャンの言葉がうれしかった。

彼が首筋に鼻をすりつけてきた。ひげがあたってくすぐったい。彼の両手がシャノンの体をかすめるように動きまわり、やがて脚のあいだに触れてきた。じらすような指の動きにシャノンは歓びの声をあげ、体を弓なりにした。セバスチャンがゆっくりと首筋から唇を離し、胸へと移動した。舌がとがった胸の先端をかすめると、全身がぞくぞくとうずいた。

ふと不安になって、シャノンは唇をかんだ。「わたし、いつもはこんなことしないのよ」

セバスチャンが手をついて体を起こし、彼女を見おろした。脚のあいだに座っているので、彼の大きなふくらみが高価なウール地のスラックス越しにシャノンの内腿にあたっている。その熱い感触に、彼女は狂おしいまでの欲望を覚えた。

「きみがいつもこんなことをしているような女だと思ったら、ぼくは今ここにいないよ」熱っぽいまなざしに、彼女はうっとりした。「ぼくにはわかるんだ、シャノン。きみはまわりにバリアを張って、みんなを遠ざけている」

「でも、あなたはここにいるわ」

「それはぼくがきみのなかに孤独を感じたからだ。朝ひとりぼっちで目を覚ましたとき、誰かがそばにいてくれたらと強く願う気持ちは、ぼくにもよくわかる」

心の奥底にひそむ思いを言いあてられて、シャノンは胸が締めつけられる思いだった。「あなたはどうしてひとりぼっちなの？　あなたみたいにハンサムな男性なら、女たちがわがものにしようと殺到しそうなのに」

「外見だけがすべてじゃないだろう。いくら外見がよくても、孤独にならないとは限らない。心は目では見えないものだからね」

シャノンは息をのんだ。本気で言っているの？　それとも今こんなことをしているわたしの気を楽にしようとして、嘘をついているだけ？　わからない。でも、セバスチャンを信じたかった。彼の飢えたような瞳に映る苦しみを慰めてあげたい。

セバスチャンは体を離すと、靴とスラックスを脱いだ。全裸になった彼を見て、シャノンは身を震わせた。まるで月明かりのなかでしなやかに動く危険な黒い獣みたいだ。信じられないほど美しい。

全身が引きしまった筋肉に覆われていて、肌はシャノンが見たこともないほど美しく日に焼けている。唯一の欠点は、腹部、背中、腰、脚に残った傷跡だった。たしかにドラゴンみたいに獰猛《どうもう》な動物の鉤爪の跡や歯形のように見える。

セバスチャンが再びベッドに入ってくると、シャノンは彼の髪を結んでいたひもをほどいた。髪が罪つくりなほど美しい顔のまわりに広がった。

「どこかの蛮族の族長みたい」シャノンは絹糸のような髪に手を走らせた。それから顔のタトゥーの複雑な線を指でなぞる。

「ああ」セバスチャンが彼女の胸を口に含みながら吐息を漏らした。

シャノンはからかうように舌を這わせてくる彼の頭をかき抱いた。歓びがさざなみのごとく全身に広がっていく。

彼女は両手を彼のわき腹から腕、肩へと這わせながら、靄《もや》のなかを漂うように快感に身を任せていた。なにか不思議なことが自分の身に起こっている。セバスチャンが息を吐くごとに、彼の触れかたが強くなっていくようなのだ。何倍にも強く。彼がちょっと舌を動かしただけで、何百回も動かしたように思える。全身の肌が一気に息づき、マッサージされているみたいな感覚だった。

セバスチャンは全身に力がみなぎるのを感じて、かすかに声をあげた。彼の種族はセックスのときに感覚がとりわけ強くなる。彼らは高揚感と魔法のような感覚が欲しくて、肉体的な快感を追い求めるのだ。高まった力はほぼ丸一日持続し、本当にすばらしいセックスの場合には二日は続く。

シャノンが相手なら、間違いなく二日はもつだろう。

彼女の瞳をのぞきこむと、熱に浮かされたようにぼんやりしていた。セバスチャンの力が影響しているのだろう。肉体的な刺激は、彼の種族以上に人間により強く作用する。

セバスチャンが魔法をかけるように触れていくにつれ、シャノンは恍惚《こうこつ》となっていった。周囲に張りめぐらされていたバリアは消え、彼女は頭をのけぞらせて絶頂の声をあげた。「それでいいんだ」彼は耳もとでささやいた。「抵抗することはないんだよ」

シャノンは抗わなかった。それどころか彼のほうを向いて、強くしがみついてきた。セバスチャンは彼女の情熱を受けとめながら、うなり声をあげた。

彼女はセバスチャンの体じゅうに両手と唇を這わせていった。彼はあおむけになって、シャノンを自分の上に引っ張りあげ、またがるような体勢をとらせた。ちょうどみぞおちのあたりに、彼女の濡《ぬ》れそぼった部分があたる。シャノンがもう話ができる状況ではなくなっているのが残念だ。彼女はもはや欲望そのものになっている。熱く燃えあがり、彼とひとつになるのを求めているのだ。

熱っぽい瞳で、シャノンはセバスチャンの手を自分の胸に導くと、彼のこわばりにあたるように体を倒した。身を乗りだして顎に舌を這わせ、唇をかむ。

情熱的にキスをしてから、シャノンがさっと身を引いた。「あなた、わたしになにをしたの?」かすれた声で彼女が発した言葉にセバスチャンは驚いた。

「ぼくのせいじゃない」正直に言う。「ぼくにもどうしようもないことなんだ」

シャノンがうめいて身をよじったので、彼の体はいっそう激しく燃えだした。

「あなたをなかに感じたいの、セバスチャン、お願いよ」

彼はもう一刻も無駄にはしなかった。シャノンを横向きにすると、後ろから包みこむように体を沿わせた。

シャノンの頭に顎をのせて強く抱き寄せ、なめらかに潤った部分に深く身を沈めていく。あたたかでしっとりとした感触にうめき声が漏れた。彼女は頭をのけぞらせてセバスチャンの肩に預け、歓喜の声をあげた。

シャノンはこんなふうに感じたのははじめてだった。今まで誰ともこんなやり方で愛しあったことはない。右側のヒップはセバスチャンの内腿にのり、彼の左の膝が彼女の左脚を持ちあげるようにしている。そうして後ろから入ってきているのだ。どうしてこんなことができるのかわからないが、彼はどんどん深く突いてきた。セバスチャンが動くたびに激しい快感が体じゅうを突き抜ける。彼はとてもかたく、太く、あたたかかった。

シャノンはもっと彼に触れてほしかった。もっと彼の力を感じたい。

セバスチャンが腹部からさらに下へと手を滑らせ、脚のあいだに触れた。シャノンははっとあえいで、全身を貫く快感に身もだえした。彼は突きあげながら、同時に指で愛撫《あいぶ》している。またしても、何千本もの手で愛されているみたいな感じがした。体じゅうに触れられているかのような、彼の香りに浸りきっているような、そんな感覚だ。

エクスタシーで気が遠くなりかけながら、シャノンは彼の動きに合わせて動いた。体が意思を持ち、快感そのものが生きているかのようだ。もっともっと彼が欲しい。

セバスチャンはシャノンの反応に感嘆していた。今までこんな反応を見せた人間の女はいなかった。よく知らなかったら、彼女もドラコスに違いないと思うところだ。シャノンは体にまわされたセバスチャンの腕に爪を立て、再び絶頂に達したときには大声で叫んだ。ほかの人間に聞かれないように、彼は慌てて周囲の動きを鈍らせる呪文をかけた。

みなぎる力を感じて、セバスチャンは不敵に微笑んだ。パートナーを満足させるのは大好きだし、シャノンとならいつも以上にうれしい。

彼女は腕のなかでかすかに身じろぎし、セバスチャンの唇をとらえてめくるめくようなキスをしてきた。

セバスチャンはシャノンの顔をはさみ、動きを速めて、さらに深く沈みこんでいった。すばらしい感覚だった。シャノンはあたたかく、すっぽりと彼を包みこんでくれている。完璧だ。

シャノンをぎゅっと抱きしめると鼓動が速くなり、股間《こかん》がさらにかたくなった。彼女の感触、味が全身に広がっていく。めまいがして痛みを覚えるほどだったが、同時に癒してくれるようでもあった。

セバスチャンのなかの獣が満足そうに咆哮《ほうこう》をあげて動きまわるあいだに、人間の彼はシャノンの秘めやかな場所に深く入りこみ、オーガズムの激しさに身を震わせた。彼の内にひそむふたつの生き物が満ち足りてひとつになった。ここまで生きてきたなかで、もっともすばらしい瞬間だった。

セバスチャンがすべてを解き放ったのを感じて、シャノンはうめいた。彼は覆いかぶさったまま、さらにぎゅっと引き寄せてくる。彼女はセバスチャンの荒い息づかいを聞き、肩のあたりに心臓の拍動を感じた。男らしい香りが頭と心を満たし、このまま永遠に彼の体に包みこまれたままでいたくなる。

やがてぞくぞくと震えるような快感はゆっくりと消えていき、激しい愛の行為のあとの無力感と脱力感だけが残った。

セバスチャンが離れると、シャノンはとてつもない喪失感を覚えた。

「わたしになにをしたの？」彼のほうを振り返って尋ねる。

彼はシャノンの鎖骨に口づけてから唇を重ねた。「なにもしていないよ、ぼくのかわいい人《マ・プティット》。きみがしたことだ」

「信じて、こんなこと、はじめてなのよ」

セバスチャンが彼女の耳もとでふっと笑った。

シャノンも微笑みかけてから、彼が首にかけている小さなメダリオンに視線を落とした。変ね、さっきは気づかなかったわ。

指で鎖をなぞり、メダリオンを手にとった。見ただけで、相当古いものであることがわかる。彼女の見立てが正しければ、古代ギリシアのものだろう。盾に巻きつくドラゴンのレリーフが刻まれている。「きれいだわ」

セバスチャンは彼女の手を見おろし、自分の手で包みこんだ。「母のものだったんだ」思わず口にしてから、どうしてこんなことを言ったのだろうと思った。誰にも話したことがないのに。「母のことはよく覚えていない。でも兄の話では、母は兄に、これをぼくに渡すようにと託したそうだ。自分がどれほどぼくを愛していたかわかってほしいと言ってね」

「お母様は亡くなったの？」

セバスチャンはうなずいた。「あのとき、ぼくは六歳になったばかりだった……」声が途切れる。打ちのめされたあの晩の記憶がよみがえった。今も頭のなかでは死にゆく者の悲鳴が聞こえ、炎の匂《にお》いを感じることができる。あのときの恐怖と、安全な場所へと彼を引っ張っていった兄セレンの腕の感触がまざまざと思いだされた。

ずっと、あの晩の恐怖を胸に抱いて生きてきた。けれどもシャノンといる今夜は、それほど心が痛まない。

シャノンが彼の顔のタトゥーに手を這わせた。「思いださせてしまってごめんなさい」ささやき声で言う。セバスチャンには彼女が心から言っているのがわかった。「わたしの母は、わたしが九歳のときに癌《がん》で亡くなったの。それ以来、ほんの少しでいいから、もう一度母の声を聞くことができたらと思うのよ」

「きみには家族がいないのかい?」

彼女はうなずいた。「おばに育てられたの。そのおばも二年前に亡くなったわ」

セバスチャンはシャノンの痛みを自分の心に感じ、そのことに驚いた。彼女がひとりぼっちだというのがいやでたまらなかった。ぼくと同じだ。なんとつらい人生だろう。

慰めてやりたくて、彼女を抱く手に力がこもる。

シャノンは目を閉じた。セバスチャンが耳のまわりやなかに舌を這わせてくると、全身がぞくぞくした。彼の腕に体を預け、もう一度焼けつくようなキスをする。心の隅には、朝になっても帰らないでとすがりつきたい気持ちがある。でも、そんな恥ずかしいまねはできない。

ふたりには今夜しかないということは、こうなる前からわかっていた。けれども、二度とセバスチャンに会えないと考えただけで、思っていた以上に胸が痛む。彼を失うことが自分自身の大切な部分を失うことのようにも感じられた。セバスチャンは、もう立ち去らなければいけないとわかっていた。だが彼のなかのなにかが、どうしても言うことを聞かない。

夜明けまで、もうそんなに時間はない。タペストリーを取り戻し、家に戻らなくては。

しかし今は、あと少しだけこの女性を腕に抱いていたい。彼女を自分のあたたかな腕で守ってやりたい。

「眠るんだ、シャノン」セバスチャンは眠りの魔法をかけた。彼女が目を覚ましていて見つめている限り、絶対に離れられないと思ったからだ。

たちまちシャノンが彼の腕のなかでぐったりとなった。

セバスチャンは彼女を見つめながら、頰の優美な曲線に指を走らせた。なんと美しいのだろう。

絹のような巻き毛を握りしめ、髪の香りを深く吸いこむ。花のような香りは、友と笑いあったあたたかな夏の日を思い起こさせた。むきだしのヒップはぴったりとセバスチャンの股間におさまっていて、背中の下のほうが胃のあたりにあたっている。なめらかな脚は彼の筋肉質の脚とからみあっていた。ああ、いつまでもこうしてシャノンを抱いていられたらどんなにいいか。

再び体がうずきはじめていた。義務を果たす前に、もう一度彼女を抱きたくてたまらない。

〝行くんだ〟

どんなに去りがたくとも、ほかに選択肢はなかった。

残念でたまらず、ため息をつきながら、セバスチャンはシャノンのぬくもりから離れてベッドをおりた。ふたりで過ごした一夜を思うと驚きだった。絶対に彼女を忘れることはないだろう。生まれてはじめて、しばらくのあいだここに戻ってこようかと考えたほどだ。

しかし、それはできない。

彼の種族は現代社会ではうまく生きられない。簡単に追跡され、発見されてしまうからだ。広く開けた空間と、もっと単純な世界が必要だった。自由で孤独でいられる世界が。

歯を食いしばって欲望を押し殺し、セバスチャンは闇《やみ》のなかで静かに服を着た。

ベッドから離れて足をとめる。

こんなふうに立ち去るわけにはいかない。これでは、シャノンと過ごした一夜のことをなんとも思っていないようではないか。

母のメダリオンを首からはずし、彼女の首にかけてやると、わずかに開いた唇に口づけた。

「おやすみ、かわいい人。運命の三女神《フェイツ》がきみにはやさしくしてくれることを祈っているよ。どんなときにも」

それからセバスチャンはゆらゆらと影のようになって部屋から消え、闇夜に出ていった。ひとりで。いつだってひとりなのだ。

ずっと昔に受け入れたことだった。そうでなくてはならない。

だが今夜は、今までにないほど孤独感が身にしみた。

ホテルの建物の角をまわり車へ向かっているときに、古ぼけたジャケットを着て寒さに身を縮めている女とぶつかった。女は色あせたウェイトレスの制服を身にまとい、実用的なだけがとりえの古い靴を履いている。

「やあ」すれ違いざま、セバスチャンは声をかけた。「車を持っているかい?」

女は首を横に振った。

「じゃあ、あげよう」彼はレクサスのキーを手渡し、車を指さした。「グローヴボックスに登録証が入っている。名前を記入すれば、もうきみのものだ」

女が目をしばたたいて彼を見た。「ええ、はい」

セバスチャンは女に心から微笑みかけた。車を買ったのは、この時代に閉じこめられているあいだだけ使うためだった。これから行くところでは車は必要ない。

「本気で言ってるんだ」女を車のほうに促す。「なんの条件もなしだ。一五分前に、質素に暮らそうと誓いを立てた。だから、あれはきみにあげるよ」

女はうさんくさそうに笑った。「あなたが誰だか知らないけど、ありがとう」

セバスチャンは下を向いて、女が車で走り去るまで待った。

それから慎重に路地へ入り、周囲を見まわして誰も見ていないことをたしかめた。〝夜の力〟を呼びだして、たまたま誰かが通りかかっても姿を見られることがないようにした。そして、もうひとつの姿に変身した。ドラコスの力が炎のごとく全身を駆けめぐり、周囲の空気中のイオンが電気を帯びる——この電気エネルギーによって姿を変えることができるのだ。

セバスチャンの場合、もうひとつの姿とはドラゴンの姿だった。

血のように赤い翼をめいっぱい大きく広げると、後ろ足を蹴《け》って空に舞いあがり、今度はレーダーに引っかからないよう慎重に低空飛行を続けた。

自分の時代へ戻る前に、ひとつだけしなければならないことがある。だが博物館に向かいながらも、頭からシャノンのイメージを振り払うことができなかった。

今もまだ、肩のまわりに髪を広げて、ベッドで眠る彼女の姿が目に浮かぶ。てのひらには蜂蜜《はちみつ》色の髪の感触が残っていた。

ドラゴンの姿になった今も体は欲望に燃え、シャノンのもとに戻りたくてうずいている。

だが、戻ることはできない。人間とはひと晩楽しむのが精いっぱいなのだ。それ以上の関係は人目に触れる危険が大きすぎる。

セバスチャンはまたたくまに街の上を飛び、博物館の屋根におり立った。そこで体の分子を変換して動物から人間に戻れる電界をつくりだし、一瞬にして人間の姿に戻った。

片手をさっと動かして黒ずくめの服を着ると、屋根の上から消えてタペストリーが展示されている部屋に入った。

「そう、これだ」再びアンティフォーネの作品を目にし、つぶやく。妹のやさしい顔を思いだしたとたん、悲しみと罪悪感、それに苦悩が全身を貫いた。

このタペストリーを売ったあと、また見たいと思ったことは一度もなかった。だが今は、これを手に入れなければならない。これだけが兄の命を救う方法なのだ。あんな兄なんかどうなったってかまわないのに。ダモスがぼくのことを気にかけてくれたことなどないのだから。

ダモスにはさんざんな目にあわされた。それでも兄に背を向けて見殺しにするわけにはいかない。助ける方法がある限り、見捨てることはできない。

「まったく、お人よしもいいところだな」不快げにつぶやく。

セバスチャンは博物館の陳列ケースからタペストリーをとりだし、たたんで黒い革袋にそっとしまいこんだ。

屋根に戻ろうとしたとき、不思議なことに左のてのひらが燃えはじめた。

「なんだこれは……？」

苦痛にあえぎながら、革袋をおろして手袋をはずす。熱く焼けた肌に冷たい息を吹きかけて冷ましつつ、眉をひそめた。てのひらに丸い幾何学模様が現れていた。

「そんな」信じられない思いで息をつき、模様をじっと見つめる。

こんなことはありえない。だがこの目で見て、この手が感じたことを否定するのは不可能だ。てのひらだけではなかった。まずいことに、心のなかにもなにかが存在している。心の奥底にうずくような感覚があった。セバスチャンは大きな声をあげて毒づきたくなった。

意思に反して、彼は伴侶《メイト》と結ばれてしまったのだ。

2

〝これは悪夢だ。それも最悪の悪夢だ〟

なにかの間違いだ。そうに決まっている。

セバスチャンはそそくさと博物館を離れ、次にどうするべきかを必死に考えた。建物の屋上でためらう。タペストリーを一〇〇〇年以上前のブリテンに持ち帰らなければならない。それだけは譲れない。彼はアンティフォーネの未来をぶち壊し、今は兄の運命をその手に握っているのだから。

ただ、手の印が……。

故郷に戻っているあいだ、メイトをここに残しておくわけにはいかない。だが、自分がこの時代に残るわけにもいかないのだ。ここでは、意図せずして電気を帯びてしまう危険が高い。それがセバスチャンの弱点だった。

変身の際に電気ショックを利用するため、外界から電気の刺激を受けると、知らぬまに変身してしまうことがあるのだ。だから彼の種族は、ベンジャミン・フランクリン以後の時代を避けていた。種族にとって、避雷針を発明したフランクリンは悪魔も同然の存在だ。

しかし、アルカディアンの法はメイトを守ることを求めている。

どんな犠牲を払っても守れ、と。

何世紀にもわたって続いた戦争のために、アルカディアンのドラコス族は事実上絶滅しかけていた。セバスチャンは宿敵の邪悪な獣、カタガリアのドラコスを狩りたてて退治してきた。そのため、やつらが彼のメイトとなったシャノンの存在を知ったら、探しだして殺そうとするのは間違いない。

彼女は殺される。ぼくのせいで。

もしシャノンが死んだら、もうぼくは二度と誰かと結ばれることはないだろう。

「メイトとはやっかいなものだな」セバスチャンはぶつぶつ言いながら、ぽっかりと浮かんだ満月を見あげた。「くそ、運命の三女神《フェイツ》はいったいなにを考えているんだ?」

アルカディアンに人間をつがわせるとは残酷な仕打ちだ。そうなる確率はきわめて低く、彼自身、想像もしなかったことだった。それなのに、どうして今こんなことが起きるのだ?

〝彼女のことは忘れろ〟

ああ、そうするべきだろう。だがそれでは、家族を持つ唯一のチャンスを捨てることになる。人間の男と違って、セバスチャンには一度きりしかチャンスがない。もしシャノンを手に入れることができなかったら、残りの気が遠くなるほど長い生涯をひとりきりで過ごすはめになる。

まったくのひとりきりで。

ほかの女性に心惹かれることは二度とないだろう。

独身生活が運命づけられるのだ。

くそっ、もううんざりだ。

選択の余地はなかった。三週間が過ぎれば、人間のシャノンの手に刻まれた印は消え、彼女はセバスチャンが存在していたことすら忘れてしまう。一方で、アルカディアンであるセバスチャンの手の印は永遠に残り、彼は一生シャノンを思いつづけて苦しむことになる。あとになって彼女のもとに戻っても、もう遅い。印が消えたあとではチャンスもついえてしまうのだ。

今戻るか、あきらめるかのどちらかだ。

問題は、印が消えるまでの三週間は、セバスチャンの死を願っているカタガリアのドラコス族が、吸い寄せられるようにシャノンに近づいていくだろうということだった。

何世紀ものあいだ、アルカディアンのセバスチャンと獣人カタガリアは、鼠《ねずみ》と猫のごとく命がけの追いかけっこを続けてきた。カタガリアは定期的に彼の精神状態を探ってくる。セバスチャンもカタガリアに対して同じことをしていた。連中の精神探知能力《サイキック・ソナー》をもってすれば、シャノンの体に焼きつけられた彼の印を探りあて、彼女に照準を定めるくらいたやすいだろう。

もしやつらの誰かに、ぼくのメイトが保護する者もなくひとりでいることを突きとめられたら……。

その光景を思い浮かべて、セバスチャンは顔をしかめた。

だめだ、シャノンを守らなくては。それしかない。

彼は目を閉じてドラゴンに変身し、シャノンのホテルに向かった。そして到着すると、再び人間に姿を変えて彼女の部屋に入った。

ぼくは今、九種の法を破ろうとしている。

そう考えて、セバスチャンは苦々しげに笑った。今さらなんだ？　かまうものか。そもそも、ずっと昔に一族から追放された身だ。彼らにとって、セバスチャンは死んだも同然だった。なぜ今さら法を守る必要がある？

どうでもいいじゃないか。

なにもかもがどうでもいい。誰のことも。

だが月明かりに包まれ眠っているシャノンを見つめているうちに、セバスチャンのなかに不思議な変化が生じた。彼女を自分のものにしたいという欲求が、全身を駆け抜けたのだ。彼女はぼくのメイトだ。ぼくの唯一の救い。

どのようなゆがんだ理由があるのかは知らないが、フェイツはふたりを結びつけた。シャノンを無防備な状態でここに残していくのは間違っている。敵はセバスチャンをつかまえるためならどんなことでもする。彼のメイトだというだけで、ためらうことなくシャノンを傷つけようとするだろう。それなのに彼女は、そういった事情はなにも知らないのだ。

セバスチャンがそばに横たわって腕にかき抱いたところ、シャノンはなにか寝言をつぶやきながら体をすり寄せてきた。首筋にかかる彼女の吐息に、セバスチャンの心臓が早鐘を打ちはじめる。

シャノンの右のてのひらを見ると、彼の左手と同じ印が刻まれていた。やはり彼女は、セバスチャンが、気の遠くなるような長い年月を待ちわびていた女性だったのだ。

何世紀ものあいだ空虚な孤独感に耐えつづけてきて、再び家族を持つという夢を見ることができるのだろうか？

もう一度家族を？

「シャノン？」セバスチャンはそっとささやき、彼女を起こそうとした。「ききたいことがあるんだ」

「うーん？」シャノンは寝ぼけている。

「きみが同意してくれないと、この時代から連れ去ることができないんだよ。

ぼくと一緒に来てもらいたいんだ。来てくれるかい？」

シャノンが目を開け、眠そうに顔をしかめて彼を見あげた。「どこに連れていってくれるの？」

「ぼくの故郷に連れていきたい」

彼女は天使のように微笑んで大きく息をもらした。「もちろんいいわ」

セバスチャンはシャノンを抱く腕に力をこめたが、彼女は再び寝入ってしまった。それでもシャノンは同意したのだ。喜びが全身を駆けめぐる。もしかしたら、ぼくの償いもようやく終わったのかもしれない。

もしかしたら一度だけ、過去から逃れられる瞬間を手に入れたのかもしれない。

シャノンをしっかり抱きしめると、セバスチャンは窓の外に目を凝らし、夜明けの光を待った。夜が明ければ、この世界から脱出して、彼女の想像をはるかに超えた世界へ行くことができる。

シャノンは胃が奇妙に引きつるのを感じていた。なんだかむかむかする。いったいなにごとなの？

目を開けると、セバスチャンが上からのぞきこんでいた。おかしな黒い仮面には赤い羽根飾りがついていて、金色の瞳が際立って見える。額とタトゥーのある左頬だけが隠れているので、『オペラ座の怪人』に出てくる怪人の仮面が思いだされた。

今まで仮面をセクシーだと思ったことはなかったけれど、セバスチャンがつけていると魅力的だわ。

さらにそそられるのは、鎖帷子《くさりかたびら》の上に黒い革の鎧《よろい》をまとっていることだ。鎧の正面は銀の輪と鋲《びょう》の飾りでできたひもで結ぶようになっているが、そのひもがほどけていて、隙間から日に焼けた魅惑的な肌がのぞいている。

ああ、すてき。

微笑んで話しかけようとしたとき、自分が馬の背に乗っていることに気がついた。とてつもなく大きな馬だ。

もっと不思議なことに、シャノンは深緑色のドレスを着ていた。幅広の袖《そで》が裾《すそ》にかけて流れるようなデザインになっていて、まるでおとぎばなしに出てくるお姫様のドレスみたいだ。

「大丈夫」袖に施された美しい金色の刺繍に手を走らせながらつぶやく。「これは夢よ。夢のなかでなら、眠れる森の美女の役だってなんとかこなせるはず」

「夢じゃないよ」セバスチャンが静かに言った。

シャノンはとまどいの笑みを浮かべながら彼の脚のあいだで背筋を伸ばし、あたりを見まわした。太陽が空高くあがっているところからすると、もう午後だろう。ふたりは舗装されていない土泥のあがるさびれた道を、馬で走っていた。先史時代を思わせる深い森をまっすぐに駆け抜けていく。

なにかがおかしい。シャノンは骨の髄で感じた。セバスチャンの体のこわばり具合や、警戒するような目つきからもわかる。彼はなにかを隠している。

「ここはどこ?」

「どこというより」セバスチャンは目を合わせようとしない。「〝いつ〟なのかのほうが問題じゃないかな」

「なんですって?」

彼の瞳にさまざまな感情がよぎったが、いちばん奇妙だったのは一瞬怯《おび》えたような色が見えたことだった。まるでシャノンの質問に答えるのを恐れているみたいに。「昨夜のこと、覚えていないのかい？　ぼくが故郷に連れていってもいいかと尋ねたら、きみは〝もちろんいいわ〟と答えたんだ」

彼女は眉をひそめた。「なんとなくは覚えているわ」

「だから、故郷に帰ってきたんだよ」

頭がずきんとした。彼はなにを言っているの？「故郷？　どこなの？」

セバスチャンが咳払《せきばら》いをして視線をそらした。この人、絶対になにかをごまかそうとしている。でも、どうして？

「きみは、古い文献を調べて、過去をつなぎあわせていくのが好きだと言っていたね」

ますます胃が苦しくなった。「ええ」

「今回をまたとない研究の機会と考えてみたらどうかな」

「どういうこと？」

セバスチャンは顎をこわばらせた。「サクソン時代のイングランドに戻って、ノルマン征服の前がどんなだったかを見たいと望んだことはないかい？」

「それはあるわよ」

「だったら、きみの望みはかなった」彼はシャノンを見て、無理やり微笑んだ。

ええと、この人はアニメの『アラジン』でランプの精の声を演じたロビン・ウィリアムズじゃないし、昨夜起こったことでなにかとても重要なことを忘れているのでない限り、わたしが瓶から呼びだした人でもないはず。彼がランプの精じゃないとしたら……。

シャノンは不安げに笑った。「なにを言っているの？」

「ここはイングランドだ。いや、いずれイングランドの一部になる土地だ。今はこの地方はリンジー王国と呼ばれている」

体が凍りついた。中世サクソン時代の王国のことは、彼女もよく知っている。でも、こんなことがあるわけない。そうよ、わたしが当時のリンジー王国にいられるわけがないじゃないの。「また人をからかっているのね？」

セバスチャンが首を振った。

納得のいく答えを見つけようとして、シャノンは額をさすった。「わかった、薬を盛ったんでしょう。やってくれたわね。ちゃんと目が覚めたら、警察を呼ぶわ」

「警察ができるのは、あと九〇〇年くらい先の話だよ。電話は、さらにその一〇〇年ほどあとだ。でも、きみが呼ぶというならかまわないよ」

シャノンはぎゅっと目をつぶり、どくんどくんと脈打つような頭の痛みをやり過ごそうとした。「じゃあ、わたしは夢を見ているわけでもないし、薬で幻覚を見ているわけでもないってこと？」

「そのとおり」

「それで、わたしはサクソン時代のイングランドにいるの？」

セバスチャンがうなずく。

「あなたはドラゴン・スレイヤーなのよね？」

「おや、それは覚えていてくれたんだな」

「ええ」シャノンは冷静に答えたが、それからは一語発するごとにヒステリックに声が高くなっていった。「わたしが覚えていないのは、いったい全体、どうやってここに来たのかってことよ！」彼女の叫び声に、驚いた鳥がばさばさと音をさせて飛び立っていった。

　セバスチャンが顔をしかめた。

　シャノンは彼をにらみつけた。「あなた、昨夜言ったわよね。これは『ミステリー・ゾーン』なんかじゃないって。でも今のわたしの状態は、あのドラマのなかの話そのものだわ。タイトルは、そうね、〝末期的に愚かな夜〟っていうのはどうかしら？」

「そんなにひどいものじゃないさ」シャノンにわかってもらうにはどう説明したらいいのだろう？　セバスチャンは考えていた。彼女が腹を立てるのも無理はない。それどころか、覚悟していたよりはずっと穏やかに事態を受けとめてくれている。「きみにとっては難しいことだろうけど」

「難しい？　そもそも、どう考えたらいいかもわからないのよ。人生ではじめてのことをして、次に目覚めてみたら、過去にワープしたと言われたんですもの。自分の気がふれてしまったのか、幻覚を見ているのかもわからない。どうしてわたしはここにいるわけ？」

「ぼくは……」なんと答えたものか。真実を告げるのは論外だろう。〝シャノン、ぼくはきみを誘拐したようなものなんだ。きみがぼくのメイトになったから。ぼくはこれからの三、四〇〇年を、ひとりきりで生きていきたくないんだよ〟などと言うわけにはいかない。

ああ、そうさ、はじめてのデートで男が女に話すようなことではない。必死に頼みこむしかないだろう。今すぐに。そして、シャノンにここにとどまりたいと思ってもらうのだ。

できれば、どちらかがドラゴンに食べられてしまう前に。

「いいかい、これをすばらしい冒険だと考えてみたらどうかな？　きみが教えている歴史について、本で読むかわりに、三週間ほどその時代を体験してみるんだ」

「あなたはいったい何者なの？　ディズニー・ワールドの企画の人？　わたし、三週間もここにいることはできないわ。二一世紀に生活があるのよ。仕事を首になってしまうじゃない。車もアパートメントもなくしてしまう。どうしよう、誰がクリーニングに出した服をとってきてくれるの？」

「ここにぼくと一緒にとどまれば、そんなことは問題ではなくなるさ。今きみが言ったようなことは、いっさい心配する必要がなくなるんだ」

　シャノンは仰天した。もう、なんてことなの。どうかこれが奇妙な夢でありますように。早く目を覚まさないと。こんなことが現実にあるわけがないのだから。

「そうね、あなたの言うとおりだわ。サクソン時代のイングランドでは、そんなこと、どれひとつとして心配する必要はないでしょうよ。心配すべきなのは衛生状態の悪さとか、下水道がないこととか、バイキングが攻めてくること、火炙りにされること、現代の便利なものがないことよね。それと、抗生剤なしで恐ろしい病気に立ち向かわなければならないこと。ああ、もう、生理痛緩和剤《マイドール》も手に入らないんだわ。それに来週の『バフィー～恋する十字架』がどうなるのかもわからない」

　セバスチャンはじっとこらえるようにため息をつき、申し訳なさそうにシャノンを見つめた。どういうわけか、それで彼女の怒りはやわらいでしまった。

「いいかい」彼が静かに言う。「ひとつ約束するよ。三週間、ここでぼくと過ごしてくれ。そのうえでどうしても耐えられないというのなら、できるだけ出発したときに近い時間へきみを送っていく。それでどうだろう？」

シャノンはまだ事態を充分にのみこめていなかった。「ねえ、おかしなことを言って、からかっているんじゃないわよね？　本当にわたしはサクソン時代のイングランドにいるのよね？」

「母の魂にかけて誓うよ。きみはサクソン時代のイングランドにいる。だけど、もとの時代に送っていくことはできる。とにかく、ぼくはきみをからかったりしていない」

なぜかシャノンはその説明を受け入れた。本気でなければ、母親の魂にかけて誓ったりはしないだろうと感じたからだ。

「出発した直後の時点にぴったり連れて帰ってくれるの？」

「ぴったり同じというわけにはいかないかもしれないが、できるだけのことはやってみる」

「〝やってみる〟って、どうやって？」

セバスチャンはちらりとえくぼを見せてから、すぐに真顔になった。「時間の旅は緻密《ちみつ》な科学のようにはいかないんだよ。時空を超えて移動できるのは夜明けと夜が出合ったときだけ、しかも満月の力が働いているときしかできないんだ。問題は到着点でね。特定の時刻を目指すことはできるが、成功率は九五パーセントだ。だから、きみをあの日に戻してあげられるかもしれないし、一、二週間後になる可能性もある」

「あなたにはそれが精いっぱいってこと？」

「おい、ぼくは年をとっているだけましなんだぞ。アルカディアンがはじめて時間の旅をするときの成功率は、わずか三パーセントしかないんだ。ぼくは一度、冥王星《めいおうせい》に行ってしまったことがある」

彼女は思わず笑ってしまった。「本当に？」

セバスチャンはうなずいた。「あそこがかなり寒い星だというのは事実だったよ」

シャノンは深呼吸して、彼が話してくれたことすべてを理解しようとした。本当にこれは現実なの？　わからない。セバスチャンがもとの世界に戻してくれるというのも本気なのかどうか。彼はまだなにかを警戒しているようだ。

「わかったわ、つまりわたしは次の満月まではここを動けないということね？」

「そうだ」

まったく、なんてこと。シャノンがすぐに泣きわめくような女だったら、とっくの昔に泣きだしていたことだろう。だが、彼女は実際的にものを考えるタイプだった。「わかったわ。なんとか対処してみる」セバスチャンにというより、自分に言い聞かせるように言う。「サクソンの子供になったつもりでね。あなたは……」声が途切れた。彼が言っていたことを思いだしたのだ。「いったい何歳なの？」

「ぼくたちは人間と同じようには年をとらないんだ。時間の旅ができるようになって以来、生物学的な時計の針の進み具合はうんとゆっくりになった」

〝人間〟という言い方はいやな感じがした。もしセバスチャンが牙をむいて向かってきたら、心臓をひと突きしてやろう。いいえ、ちょっと待って。それはあとまわしよ。まずは年齢の問題を理解しないと。「じゃあ、犬の年齢みたいなもの（犬は人間に比べはるかに寿命が短いため、犬の年齢を人間にたとえると非常に高齢となる）かしら？」

セバスチャンは声をあげて笑った。「そんなものだな。人間の年でいったら、ぼくは四六三歳に相当する」

シャノンはびっくりして、彼のかたく引きしまった体を眺めまわした。どう見ても三〇代前半だ。四〇〇歳代後半には見えない。「ねえ、やっぱりからかっているんじゃない？」

「まさか。きみと出会ってから話したことはすべて真実だよ」

「ああ、もう」シャノンはゆっくりと慎重に息を吸いこみ、再び襲ってきた不安を抑えこんだ。セバスチャンの話が真実だというのはわかっていた。ただ、すんなりとは信じられないのだ。人間が時空を超えられるということ、そして自分が本当に暗黒の中世にいるということを思うと呆然《ぼうぜん》としてしまう。

だって、たまたま連れてこられた先がわたしがいちばん興味のあるサクソン時代だなんて、できすぎているもの。

「ほかにもやっかいなことがあるに違いないわ。実はあなたはヴァンパイアだったとか、そういうことなんでしょう」

「違うよ」セバスチャンは即座に否定した。「ヴァンパイアではない。ぼくは血を吸わないし、自分の命を保つためにおかしなことはなにもしていない。きみと同じように母親から生まれてきた。感情もあるし、赤い血が流れている。

それにやはりきみと同じように、未来のいつかの時点で死ぬ。ただ、いくつか特別な力を持っているだけなんだ」

「そう。わたしはトヨタ程度の装備だけど、あなたはランボルギーニ並みで、すごいセックスができるってことかしら」

彼はくすくす笑った。「なかなかうまいたとえだな」

〝たとえ〟ですって？　もう、信じられない。想像を絶する状況だ。どうしてこんなことに巻きこまれてしまったの？

だがセバスチャンを見あげたとたん、答えはわかった。彼には抗えない。引きつけずにはおかない容貌と動物的な魅力。こんな人に抵抗できるわけがない。

こういう男性がほかにもいるのかしら？　パワーと魔法のような魅力を持った男たちが。信じられないほどセクシーで、ひと目見ただけで欲しくてたまらなくなるような男たち。「ほかにもあなたの仲間がいるの？」

「ああ」

シャノンはにやりとした。「大勢？」

彼が眉をひそめる。「昔は大勢いたんだが、時とともに減ってしまった」

セバスチャンの瞳に悲しみの色が浮かび、心に秘めている苦しみが伝わってきた。シャノンも彼の気持ちを思って胸が痛くなった。

セバスチャンが彼女を見おろした。「きみの大切なタペストリーは、われわれの種族の始まりの物語なんだ」

「ドラゴンと男の誕生のタペストリーが？」

彼はうなずいた。「きみが生まれる五〇〇〇年ほど前、ぼくの祖父リカオンはある女性に恋をした。祖父は彼女を人間だと思ったのだが、そうではなかった。彼女はギリシアの神々に呪われた種族の生まれだったんだ。彼女は祖父に、自分の正体を決して明かさず、やがてふたりの息子を産んだ」

シャノンはタペストリーの左上の隅に刺繍された誕生のシーンを思いだした。

「祖母は二七歳の誕生日に」セバスチャンが話を続ける。「彼女の種族がみなそうだったように、恐ろしい死に方をした。祖父はそれを見て、自分の子供たちも同じように運命づけられていることを知った。怒りと悲しみに駆られた祖父は、息子たちを生かしておくために自然に反した手段をとることにしたんだ」

彼の声は緊張で引きつっていた。「悲しみと恐怖のあまり常軌を逸した祖父は、祖母の一族をつかまえられるだけつかまえて、実験を始めた。彼らの生命力と動物のそれとをかけあわせたんだよ。呪われない交配種を生みだそうとしたんだ」

「うまくいったの？」

「祖父が思った以上にね。交配種は動物の強さと力だけでなく、人間より一〇倍長い寿命を持つようになった」

シャノンは眉をつりあげた。「つまりあなたは七、八〇〇年生きる狼《おおかみ》男《おとこ》みたいなものってこと？」

「年齢の点ではそうだが、ぼくはライコスではなくドラコスだ」

「なんのことだかさっぱりわからないわ」

「祖父のリカオンは魔法を使って子供たちを〝半分〟にした。だから息子はふたりではなく、四人になったんだ」

「どういうこと？　子供を真ん中で切り分けでもしたわけ？」

「そうとも言えるし、そうでないとも言える。祖父も予期していなかったことが起きたんだよ。人間と動物をかけあわせたときに、祖父は一体しか生まれないと思っていた。ところが二体生まれた。一体は人間の心を持っていたが、もう一体は獣の心を持った別の生き物だった。人間の心を持ったほうはアルカディアンと呼ばれている。われわれは自分の内にある獣の部分を抑え、制御することができる。人間の心を持っているから、哀れみを感じることもできるし、高度な思考も展開することができるんだ」

「獣の心を持ったほうは？」

「やつらはカタガリアと呼ばれている。異端者とか悪党という意味だよ。やつらは獣の心しか持っていないから、人間のような哀れみの感情はないし、基本的な本能でのみ生きている。アルカディアンと同様に超能力や変身能力、時空を曲げる力を持っているが、自制だけはできない」

なんだかよくない話のようだ。「それで、実験を施されたほかの人たちはどうなったの？　みんな二体に分裂したの？」

「ああ。そうやってふたつの社会の基礎ができたんだ。アルカディアンとカタガリアだよ。その性質のままに、類は友を呼び、もとの動物ごとにグループに分かれるようになった。狼は狼と、鷹《たか》は鷹と、ドラゴンはドラゴンと。われわれはその区別をつけるのに、ギリシアの言葉を使っている。ドラゴンはドラコス、狼はライコス、という具合にだ」

これはシャノンにもわかった。「そして、アルカディアンはアルカディアンでまとまり、カタガリアはカタガリアでまとまったわけね」

「まあ、そういうことだ」

「でもあなたの口ぶりからすると、そのあとが〝めでたしめでたし〟とはいかなかったんでしょう?」

「ああ。運命の三女神《フェイツ》はリカオンが運命を曲げたことに憤った。リカオンをこらしめるために、動物とかけあわせてできた子供たちを殺すように彼に命じたんだ。リカオンは拒絶した。そこでフェイツはわれわれ全員に呪いをかけた」

「呪いって?」

セバスチャンの顎が引きつり、瞳が深い苦しみに翳った。「ひとつは、二〇代半ばになるまで成熟しないという呪いだ。思春期が遅れる分、来たときの衝撃は大きい。われわれの多くは狂気に駆られ、力を制御する方法を見いだせずにスレイヤーになってしまう」

「あなたの言う〝スレイヤー〟は、ヴァンパイア・スレイヤーみたいな、邪悪なものを退治するタイプではないようね」

「ああ。徹底的に破壊しようとするほうさ。良心の呵責《かしゃく》など覚えずに、残虐の限りを尽くす」

「恐ろしい」シャノンはささやいた。

セバスチャンがうなずく。「思春期を迎えるまで、われわれの種族の子供は両親の基本形に応じて、人間か動物の姿をしている」

「基本形?」

「アルカディアンは人間だから、基本形は人間だ。カタガリアは動物だから、基本形は遺伝因子を持つその動物のほうになる。アーシュランは熊《くま》、ジェラキアンは鷹という具合だ」

「ドラコスはドラゴンね」

彼は再びうなずいた。「子供にはまったく力がない。だが思春期に突入すると、力が一気に入ってくる。われわれはその時期を切り抜けようとする子供たちを抑え、力を制御する方法を教える。アルカディアンはたいていの場合成功するが、カタガリアはそうはいかない。やつらは子供たちに、人間とアルカディアンの両方を破壊するように教えているんだ。アルカディアンは断固としてカタガリアと、カタガリアから生まれたスレイヤーをとめようとしてきた。だからやつらはわれわれを憎み、なんとしてでもわれわれやその家族を殺そうとする。つまり、わがアルカディアンとカタガリアは戦争状態にあるんだよ」

シャノンは静かに座ったまま、セバスチャンの話の最後の部分を理解しようとしていた。昨日、彼が言っていた〝永遠の戦い〟というのはこのことだったのだ。「だからあなたはここに戻ったの？」

その問いに彼の瞳が苦しげに曇った。あまりにつらそうなまなざしに、シャノンまで顔をしかめたほどだった。「いや。ぼくがここにいるのは約束をしたためだ」

「どんな？」

セバスチャンは答えなかったが、体がこわばるのがわかった。彼は苦しんでいる。どうして？

シャノンははたと気がついた。「カタガリアがあなたの家族を破壊したのね？」

「やつらはぼくからすべてを奪っていった」声に苦悶《くもん》と怒りがにじむ。

こんな声は今まで誰からも聞いたことがない。

シャノンはセバスチャンを慰めてあげたかった。こんな気持ちになったのははじめてだ。彼の過去を消して、家族を返してあげられたら。

セバスチャンの気を紛らわせようとして、彼女は前の話題に話を戻した。

「戦争状態なら、軍隊のようなものがあるの？」

彼が首を振る。「そういうわけではないんだ。センティネルという役目の者はいる。種族のなかでも力が強く、敏捷《びんしょう》な者たちだ。センティネルは人間と獣人の両方を保護する役目を担っている」

シャノンは手を伸ばして、彼の顔のタトゥーを覆っている仮面に触れた。

「アルカディアンはみんな、こういう印をつけているの？」

セバスチャンが顔を背けた。「いや。センティネルだけだ」

彼女は微笑んだ。「あなたはセンティネルなのね」

「センティネルだった、、、」

〝だった〟という部分を強調する言い方から、彼の思いが伝わってきた。「なにがあったの？」

「ずっと昔のことだ。できれば話したくない」

セバスチャンの気持ちを尊重してあげなければ。もう彼は充分に質問に答えてくれたのだから。シャノンは知りたくてたまらなかったが、しつこく詮索《せんさく》するのはやめようと思った。「わかったわ。でも、もうひとつだけきいてもいいかしら？」

「ああ」

「あなたが〝ずっと昔〟と言ったとき、額面どおりに受けとってはいけない気がしたわ。それって、一〇年とか二〇年前のこと？　それとも――」

「二五四年前だ」

シャノンはあんぐりと口を開けた。「それからずっとひとりなの？」

セバスチャンがうなずく。

彼女は胸がきゅっと締めつけられるようだった。二〇〇年以上もひとりきりだなんて。想像もつかない。「誰もいなかったの？」

古い記憶がよみがえってきて、セバスチャンは黙りこんだ。思いだすまいと必死だった。自分がセンティネルだったこと、家族のこと。

彼は心の次に名誉を重んじるように育てられてきたのに、一度の致命的な過ちのために、大切にしてきたものすべてを失ってしまったのだ。かつての自分をすべて失った。

「ぼくは……追放処分を受けたんだ」言葉が喉に引っかかる。これまでずっと、この言葉を声に出して言ったことはなかった。「アルカディアンはぼくとかかわることを禁じられている」

「どうして追放処分に？」

セバスチャンは答えない。

かわりに前のほうを指さした。「目をあげてごらん、シャノン。向こうに見えてくるもののほうが、ぼくよりずっと興味深いと思うよ」

まさかと思いながら顔をあげたシャノンは、はっと息をのんだ。ずっと遠くの丘の上に大きな木造の館《やかた》が見える。そのまわりを取り囲むように、小さな建物が並んでいた。この距離からでも、人々や動物が動きまわっているのが見える。

自分の目が信じられなくて、彼女は何度もまばたきをした。「まあ、すごい」感嘆のため息をつく。「本物のサクソン人の村だわ」

「衛生状態は悪くて、下水道はないよ」

一定のスピードでゆっくりと丘に近づくにつれ、シャノンの心臓は早鐘を打ちはじめた。「もっと速く進めないの？」早く近づきたくて尋ねる。

「それは可能だが、そうすると連中はわれわれに襲撃されると思って、矢を射かけてくるかもしれない」

「まあ。それなら我慢するわ。針刺しみたいになるのはいやだもの」

セバスチャンは黙ったまま、シャノンが村の様子をもっとよく見ようと首を伸ばしている姿を眺めて微笑んだ。彼女が鞍《くら》の上で身をよじると、ヒップが彼のふくらんだ股間をかすめた。

一夜をともにして以来、もう一度シャノンを抱きたいという思いが、どれほど募っていることか。どんなにこの体が彼女を求めていることか。われながら驚くほどだった。

自分の過去や種族について詳しく話したことも信じられなかった。だがシャノンはメイトなのだから、ぼくについて知る権利がある。

彼女がメイトになってくれればの話だが。

セバスチャンはまだ心を決めかねていた。

シャノンをもとの世界に戻してやってそのまま別れるのが彼女のためだ。だが、それはいやだった。大切に思える人がいて、自分を大切に思ってくれる人がいる暮らしに、どれほどあこがれていたか。

どれだけの夜を眠れずに過ごしたことだろう。どんなにもう一度家族を持ちたいと願い、やさしく慰めてくれる手の安らぎを求め、笑い声や友情のあたたかさを恋しく思ってきたことか。

何世紀ものあいだ、地獄のような孤独を耐えてきたのだ。

そして今、脚のあいだに座っているこの女性こそが、唯一の救いになるはずだった。

ぼくが勇気を出しさえすれば……。

シャノンは村を囲む壁の内側に入り、本物の生きているサクソン人が働いている姿を見て唇をかんだ。石を積みあげ、門の一部を建て直している男たち。洗濯物や食料を持って歩きまわったり、語りあったりしている女たち。子供たちもいる！　大勢のサクソンの子供たちが走りまわり、声をあげて笑いながら遊んでいた。

さらに商人や楽師、軽業師、旅芸人もいた。「お祭りがあるの？」

セバスチャンはうなずいた。「収穫がすんだから、一週間かけて祝うんだよ」

周囲にいる人々がしゃべっていることを理解しようと、シャノンは耳をそばだてた。

信じられない！　みんな、古英語を話しているわ！

「ああ、セバスチャン」シャノンは声をあげて、彼にぎゅっと抱きついた。「ありがとう、ここに連れてきてくれて！　本当にありがとう！」

セバスチャンは歯を食いしばった。彼女の胸が押しつけられ、首筋に吐息がかかる。

股間がさらにかたくなり、彼のなかの獣の部分を抑えこむのに人間としての力を総動員しなければならなかった。自分のなかにあるふたつの相反する性質が闘いを始めると、まるで身を引き裂かれるようにつらいのだ。

互いを闘わせるのは危険だが、それは双方のために必要なことでもあった。とくに彼の半身双方が同じことを望んでいるときには。どちらもが、シャノンがすべてをゆだねてくれることを、ふたりを永遠に結びつける儀式を求めていた。だが、軽々しく決められることではない。彼女はセバスチャンと一緒になるために、すべてを犠牲にしなければならないのだ。すべてを。そんなことを彼女に頼めるだろうか。

それではシャノンの負担ばかりが大きすぎて不公平だし、セバスチャンは自分にそんな犠牲を払ってもらえる価値があるとは思えなかった。

彼はシャノンの幸せそうなまなざしを見て微笑んだ。

だが周囲を見渡すうちに、その笑みも消えた。なにかまずいことが起きれば、罪もない人々が死んでいくのだ。

交換条件を決めたとき、カタガリアのブラシスは珍しく知性のひらめきを見せたのだった。セバスチャンはセンティネルの誓いによって、正体が人間に知られるような行動――ドラゴンの姿に変身すること、力を使うことを禁じられている。なにも知らない人々の前では、常に人間の姿でいなくてはならない。ブラシスは、カタガリアは人間の姿で交換にやってきて平和に引きあげると誓った。悲しいことに、セバスチャンは彼らを信じるしか選択肢がない。

もちろんブラシスはセバスチャンの力のほどを知っているので、彼を怒らせるようなまねはしないだろう。あの獣たちがいくら愚かだとはいっても、ブラシスはそこまで頭が悪くはない。

納屋に着くと、セバスチャンはシャノンが馬からおりるのに手を貸してから、自分も地面におり立った。それから鎖帷子を下のほうに引っ張りおろす。どれほど目の前の女性を欲しがっているか、誰にも気づかれたくないからだ。

シャノンはセバスチャンが大きな広刃の剣を馬からはずして、ウエストの帯につけるのを見ていた。ほれぼれするほど魅力的で、男らしい姿だ。

革の鎧の肩の部分から出ている鎖帷子の袖が、セバスチャンが動くたびにかすかに音をたてる。前をとめるひもはほどけていて、胸の毛がわずかにのぞいていた。彼のみずみずしい肌に何時間も指や唇を這わせたことを、シャノンははっきりと思いだした。

そして首筋の小さな傷跡に目をとめると、舌でなぞりたくてたまらなくなった。この男性の体とオーラは、罪つくりなほど見事だ。誇り高く危険で、こんな姿を見たら、女なら誰でも興奮してあえぎたくなる。

〝やめなさい！〟シャノンは自分を叱《しか》りつけた。まわりに人が大勢いるときに、なにを考えているの……。

それに、ここの人々を観察して調査しなければならないのに。

そう、あの人たちのほうがセバスチャンよりずっと興味深い存在だわ。

彼は剣を、柄が前にきて、刃が脚に沿うような向きに調節すると、鞍から革袋をはずした。少年が馬を預かろうと駆け寄ってきた。

「今日は何曜日だ？」セバスチャンは少年に古英語で尋ねた。

「火曜日です、サー」

彼は少年に礼を言って、コインを二枚やってから、馬の世話を任せた。

それからシャノンを振り返った。「準備はいいかい？」

「もちろんよ。ずっと夢見てきたんですもの」彼女は息を詰め、人でごったがえす村のなかをセバスチャンについて歩きはじめた。

彼が振り返ると、シャノンはすべてをいっぺんに見ようと目を見開いている。ここにいられることがとても幸せそうだ。

もしかしたら、ぼくたちふたりにも希望があるのかもしれない。彼女をここへ連れてきたことは間違いではなかったのかも……。

「そうだ、サクソン時代のパンを食べたことはあるかい？」

「おいしいの？」

「最高だよ」セバスチャンは彼女の手をとって、泥道の向こうにある店へ引っ張っていった。

パン屋に入ったとたん、シャノンはパンが焼ける甘い香りを胸いっぱいに吸いこんだ。木のカウンター、部屋じゅうのテーブルの上のかごにパンが並べられている。年配のどっしりした女性が大きな袋を引きずっていた。

「やあ」セバスチャンが声をかけて女性の傍らに駆け寄った。「ぼくがやろう」

年配の女は背筋を伸ばし、感謝の笑みを浮かべた。「助かります。作業台のそばまで運ばなければならなくて」

セバスチャンは重い袋を肩にかつぎあげた。鎖帷子が持ちあがり、日に焼けた腹部がちらりとのぞく。シャノンはうっとりと見とれた。広い肩と引きしまった二頭筋がぴんと張りつめる。彼が袋を台のそばの床におろしたときには、黒い革のパンツに包まれた形のいいヒップが見えた。

ああ、かじりつきたい気分だわ。

「さてと、親切なお客さんにはなにを差しあげましょうか?」店の女性が尋ねた。

「どれがよさそうかな、シャノン?」

どれって、パンのこと? それとも?

彼女はセバスチャン以外のものに目を向けて、彼のヒップのほかにかじりつくのによさそうなものを物色した。「どれがおすすめですか?」古英語を試してみた。今まで一度も会話で使ってみたことはなかったのだ。

驚いたことに、女性はシャノンの言葉を理解してくれた。「甘いのがお好きなら、ちょうどかまどから蜂蜜パンを出したところですよ」

「じゃあ、それをいただきます」

女性はふたりを残してパンをとりに行った。セバスチャンが後ろで立って見ているあいだ、シャノンは店内のさまざまな種類のパンを見てまわった。

「その袋にはなにが入っているの？」彼女はセバスチャンが馬からおろした黒い袋を指し示した。

「ちょっと大事なものでね、目を離したくないんだ。あとで必要だから」

またなにかごまかしている。「そのためにここへ戻ってきたの？」

彼はうなずいたが、警戒するような表情をしていた。この話はここまでだと言わんばかりだ。

店の女性がパンを持って戻ってきて、ふたりのために切り分けてくれた。シャノンがあたたかくておいしいパンを食べていると、女性はセバスチャンに、外の荷車から店の奥に箱をいくつか運びこむのを手伝ってもらえないかと頼んだ。

セバスチャンはシャノンに袋を預けて手伝いに行った。

シャノンは奥の部屋にいるふたりの声に耳を傾けながらパンを味わい、出してもらったシードルを飲んだ。ふと黒い袋が目にとまり、好奇心が抑えきれなくなった。なかになにが入っているのかと、前に身を乗りだして袋を開ける。そしてタペストリーを目にしたとたん、はっと息をのんだ。

彼は本当にこれを盗んだのだ。でも、どうして？

そこに店の女性がエプロンで手を拭《ふ》きながら戻ってきた。「いい人を見つけましたね、お嬢さん」

シャノンはのぞき見を見つかって真っ赤になり、慌てて体を起こした。セバスチャンが本当にいい人なのかどうか、今は確信が持てない。「あの人、まだ荷物をおろしているんですか？」

女性はシャノンを店の奥に手招きし、ドアの外を見るように促した。店の背後の路地で、セバスチャンがふたりの少年と遊んでいる。少年たちは木の剣と盾を使って、彼を相手にドラゴンと戦う戦士ごっこをしていた。ドラゴン・スレイヤーをドラゴンに見立てているなんて、なんという皮肉だろう。

セバスチャンが声をあげて笑ったり、少年たちをからかったりするのを見ているうちに、シャノンの心もなごんできた。

彼は実にいろいろな顔を持っている。思いやりがあって情け深く、やさしい。こんな人ははじめてだ。でもその一方でどこか野蛮なところがあって、軽々しく扱ってはいけない雰囲気もある。

セバスチャンが子供たちと遊んでいるのを見ながら、シャノンは妙なことを考えはじめた。彼が自分の子供たちと遊んだら、どんなふうに見えるかしら？

わたしたちの子供たちと……。

その光景があまりにもはっきりと浮かんだので、彼女は恐ろしくなった。

「どうして仮面をつけてるの？」少年のひとりがきいた。

「きみたちみたいにかわいくないからさ」セバスチャンがからかう。

「かわいくなんかないよ」少年はむっとしている。「かっこいいんだ」

「ああ、かっこいいよな、オーブリー」通りの向こうの建物の裏口から小さな樽《たる》を運び入れようとしていた中年男性が、少年に声をかけてから、セバスチャンに視線を向けた。

男性はあんぐりと口を開け、手をシャツで拭いて、セバスチャンに近づいてきて腕をつかんだ。「あなた方に会うのは久しぶりだ。こうして触れられて光栄です」

少年たちは遊びをやめた。「この人は誰なの、おじいちゃん?」

「ドラゴン・スレイヤーだよ、オーブリー。夜眠る前に話して聞かせてやっただろう。あの人たちと同じだ」男性はセバスチャンの仮面と剣を指さした。「彼らがリンジーにやってきてドラゴンのメガロス族を退治してくれたのは、わしがおまえたちくらいの年のときだった」

セバスチャンはそのときにやってきたなかのひとりなのかしら、とシャノンは思った。

その疑問を察したのか、セバスチャンが戸口にいる彼女を振り返った。「ちょっと失礼しますよ」彼は男性と少年に声をかけると、シャノンのほうに向かってきた。

セバスチャンは表情を見て、彼女がなにか悩んでいるのに気がついた。「どうかしたかい?」

「あなたもメガロス族と戦ったの?」

全身を切り裂かれるような痛みを覚えながら、セバスチャンは首を振った。

もし追放された身でなかったら、あの日、彼もここにいたはずだった。しかし彼はほかのセンティネルとは違って、カタガリアにひとりで立ち向かわなければならないのだ。「いや」

「まあ」

「ほかにも気になることがあるのかい？　まだすっきりしていない顔だ」

シャノンはまっすぐに彼の瞳を見つめた。「博物館からタペストリーを盗んだのね」ほかの誰にもわからないように現代英語を使った。「どうして？」

「ここに持ち帰る必要があったんだ」

「なぜ？」

「ほかのセンティネルの身代金がわりなんだよ。金曜日に連中にタペストリーを渡さなければ、センティネルが殺されてしまうんだ」

シャノンは眉をひそめた。「どうして敵はタペストリーを欲しがるの？」

「それはわからない。だが、ひとりの男の命がかかっているんだ。そんなことはいちいち尋ねなかった」

ふとシャノンは、前夜セバスチャンがタペストリーについて語っていたことを思いだした。〝タペストリーは七世紀のブリテン島にいたアンティフォーネという女性がつくったものだ。あの物語は彼女の祖父と兄による、善と悪との永遠の戦いを描いている〟彼はそう言っていた。

そしてさっきここへ来る途中には、あれは自分の祖父の物語だと語っていた。

「アンティフォーネはあなたの妹さんなの？」

「ああ。もういないけどね。ずっと昔に亡くなったんだ」

彼の表情から、妹を失った悲しみがまだ癒《い》えていないことが伝わってきた。

「どうして妹さんのタペストリーが博物館にあるの？」

「それは……」セバスチャンは深く息を吸いこんで、胸の奥の苦悶を忘れようとした。あまりにも激しい苦しみに全身が痛む。

シャノンの質問に答えようとすると、顎がぴくぴく震えた。「亡くなったとき、妹はタペストリーを持っていた。ぼくはほかの家族のもとに返したかったが、家族はぼくとかかわるのをいやがった。ぼくはタペストリーを自分で持っているのに耐えられなくて、未来の世界に持っていったんだ。未来でなら、誰かが保管してくれて、アンティフォーネがしていたように大切に守ってくれるとわかっていたからね」

「すべてが終わったら、また向こうに持っていくつもりなんでしょう？」

セバスチャンは彼女の鋭さに眉をひそめた。「どうしてわかった？」

「霊感があるのよ、と言いたいところだけど違うわ。ただ、あなたのように心の広い人だったら、物を盗んでおいてそのままにしておくわけがないと思ったの」

「きみはぼくのことをよくわかっていない」

「あら、わかっているわよ」

セバスチャンは歯を食いしばった。いや、わかっていない。ぼくはいい人間なんかじゃない。ただの愚か者だ。

ぼくがいなければ、アンティフォーネはまだ生きていた。彼女が死んだのはぼくのせいなのだ。その思いをずっと抱えて生きてきた。決して消えることのない、癒えることのない思いだ。

そのとき、セバスチャンははっとした。やはりシャノンとは別れなくてはならない。彼女をそばにおいておくことなどできない。彼女と人生を分かちあうわけにはいかないのだ。

もし彼女の身に不幸が起きたら……。

それもぼくのせいになる。ぼくのメイトであるシャノンは、まっ先にカタガリアに狙《ねら》われるだろう。追放されているとはいえ、ぼくは今もセンティネルで、カタガリアのスレイヤーを探しだして始末するのが仕事だ。

やつらに立ち向かうことはひとりでもできる。だがシャノンは、ぼくが古の誓いを果たすあいだも守ってやらなければ、いつアンティフォーネと同じ運命をたどるかわからない。

そんなことが起こるくらいなら、残りの人生をずっとひとり身で過ごすほうがましだ。

〝ひとり身だって！　そんなのはごめんだ！〟

内なるドラコスがあげた不満の声を、セバスチャンは抑えこんだ。これから三週間は命をかけてシャノンを守ろう。そして彼女からぼくの印が消えたら、未来に送り届けるのだ。それしかとるべき道はない。

パン屋を出ると、ふたりは午後じゅう露店をのぞいたり、食べ物や飲み物をあれこれ試したりして過ごした。

シャノンには信じられないような一日だった。人生で最良の日だ。サクソン時代のブリテンにいるからというだけではなく、そばにセバスチャンがついていてくれるからだ。彼のからかいや気楽な調子がうれしくて、シャノンは彼とずっと一緒にいたくてたまらなくなった。

「失礼ですが、だんな様《マイ・ロード》」

軽業を見ていたふたりが振り返ると、ひとりの男が立っていた。

「はい？」

「ヘンフリス陛下の使いでまいりました。今宵《こよい》、あなた様をお招きしたいとのことでございます。陛下は心よりあなた様と奥方様を歓迎し、おもてなしをしたいと望んでおられます」

シャノンはめまいを覚えた。「王様に会うの？」

セバスチャンがうなずいた。「お目どおり願えれば光栄です、と陛下にお伝えください。すぐにうかがいます」

使者は去っていった。

シャノンは不安そうにささやいた。「こういうことについてはなんにも知らないのよ。こんな格好でいいのかしら？」

「大丈夫だよ。あそこにいるどの女性よりも、きみが美しいはずだ」それからシャノンの頼もしい騎士は腕を差しだしてきた。彼女はその腕をとり、セバスチャンに導かれて大きな館へと向かった。

入口に近づくと、音楽や、なかで食事を楽しむ人々の笑い声が聞こえてきた。セバスチャンは扉を開けて、彼女を先に通した。

シャノンは戸口でためらい、あたりを見まわして感激した。想像していた以上にすばらしい光景だった。

主人のテーブルはほかの人々とは別になっており、女性三人と男性四人が同席していた。冠をつけた男性が王で、その右側にいるのが王妃だろう。そのほかは王の息子か娘か、位の高い人物に違いない。

召使いが料理を持って忙しそうに歩きまわっていた。犬がそのまわりをうろついて、おこぼれにあずかっている。音楽はすばらしかった。

「緊張しているかい？」セバスチャンが現代英語で尋ねた。

「少しね。サクソン人の礼儀作法がどんなものか、全然わからないから」

彼が手をとって指に口づけると、シャノンの全身にあたたかな快感が広がった。「ぼくのやるとおりにすればいい。きみがこの世界で生きていくのに必要なことは、全部教えてあげるから」

シャノンは眉をあげた。なにか言外の意味が隠されているような気がする。間違いない。「時期が来たら、家へ連れて帰ってくれるのよね？」

「約束したじゃないか。ぼくは約束を破ったことは一度もないし、きみへの誓いも破らない自信がある」

「たしかめただけよ」

ふたりが部屋を横切って王のテーブルに近づくと、室内は静まり返った。

シャノンはそわそわとつばをのみこんだ。いいえ、緊張することはないわ。わたしはこの王国でいちばん凜々《りり》しい男性と一緒なのだもの。黒い鎧に仮面をつけたセバスチャンは、目をみはるほど男らしかった。力強さ、敏捷さ、そして誠実さがうかがえる、堂々たる態度だ。

彼はテーブルの前に出て足をとめると、深々と宮廷式のお辞儀をした。シャノンも、自分のお辞儀が礼儀にかなったものでありますようにと願いながら頭をさげた。

「ご挨拶《あいさつ》を申しあげます、陛下」セバスチャンが体を起こして言う。「わたくしはセバスチャン・カタラキス。アルカディアの王子です」

その口上を聞いたとたん、シャノンはあんぐりと口を開けた。王子ですって？　本物の王子なの？　それとも冗談？

セバスチャンが警戒するような表情で彼女を振り返った。「妃《きさき》のシャノンです」

王が立ちあがり、ふたりに向かってお辞儀をした。「殿下、ドラゴン・スレイヤーを迎える光栄に恵まれたのは久しぶりです。あなた方には到底返せないほどの恩がある。さあ、こちらへ来て、席についてください。あなたも奥方も、好きなだけ滞在なさるといい。歓迎いたします」

セバスチャンはシャノンをテーブルまで連れていき、自分の右側に座らせた。向こう隣に座っている男性が、王の義理の息子だと自己紹介した。

「あなたは本当に王子なの？」シャノンはささやいた。

「相続権はないが、本当だよ。祖父のリカオンはアルカディアの王だったんだ」

「まあ、なんてこと」歴史の断片が頭のなかでつながった。「ゼウスに呪われた王ね」

「運命の三女神《フェイツ》にもね」

狼男、ヴァンパイア、獣人を意味する〝ライカンスロープ〟というギリシア語は、アルカディアの王リカオンから来ているのだ。シャノンは呆然とした。ほかの、いわゆる神話や伝説と言われているものも、現実にあったことなのだろうか？

「ねえ、あなたの存在は、歴史学者にとってはロゼッタ・ストーン以上よ」

セバスチャンが声をあげて笑った。「きみの役に立てそうでうれしいよ」

役に立つなんてものじゃないわ。彼が持っている知識だけのことじゃない。今日は本当に久しぶりに、寂しさを感じることのない一日だった。一度も寂しくならなかった。一分一秒が楽しくて、今日という日が終わるのが惜しいくらいだ。

シャノンはこれからの数週間を、この世界でセバスチャンと過ごすのが楽しみだった。そして自分では気づかないふりをしていたが、心の奥底には、その数週間が過ぎたときに彼から離れることができるのだろうかという思いがあった。

見つめられるたびに、セバスチャンの思いがひしひしと伝わってくる。こんな男性をあきらめられる女がいるかしら？

わたしには到底できそうにない。

セバスチャンが炙った肉を切り分けて皿に盛ってくれた。シャノンにはなんの肉かわからなかったが、きかないでおくことにした。ひと口食べてみると、おいしかった。

ふたりが黙って食事をするうちに、ほかの人々は食事を終えてダンスを始めた。

しばらくしてセバスチャンをちらりと見たシャノンは、彼の瞳が曇っているのに気がついた。「どうしたの？」

セバスチャンは顔の仮面をつけていない側に手をあてた。気分が悪かったのだ。ふたつの半身のあいだの均衡が、シャノンのことでもめるうちに崩壊してしまい、耐えられないほどの痛みをもたらしていたせいだ。

彼のなかの獣の部分はなんとしてでもシャノンを欲しがり、人間の部分は彼女を危険にさらすことを拒絶していた。両者の葛藤《かっとう》が激しすぎて、セバスチャンはこれからの三週間を耐え抜けるだろうかと不安になった。どちらかがもう一方を、取り返しのつかないほど傷つけてしまうのではないか？

こうした内面の葛藤が、彼らの種族の若者たちを狂気に至らしめるのだ。早くバランスを取り戻さなければ、永遠に力を失ってしまうはめになる。

「時空を超えたことによる時差ぼけみたいなものだよ」

内なるドラゴンを抑えつけて、セバスチャンは食事中はシャノンに話しかけなかった。彼女にこの時代の暮らしぶりや、この時代ならではの美しさを味わってほしかったからだ。

ああ、シャノンがここにとどまってくれたらどんなにうれしいことか。もちろん、今すぐ彼女を奪って、永遠にぼくに結びつけることはできる。ぼくの力をもってすれば充分に可能なことだ。

だが、無理強いはできない。セバスチャンのなかの人間の部分が、シャノンの意思に反してわがものにすることを拒んでいた。決めるときには、彼女の意思で決めてほしい。そうでなければ受け入れるつもりはなかった。

セバスチャンの真剣なまなざしに気づいて、シャノンは眉根を寄せた。「本当に大丈夫なの？」

「大丈夫だよ。本当だ」

彼女は信じていなかった。楽師が演奏をやめ、客がいっせいに拍手を送った。一緒になって楽師と踊り手たちに拍手をしていたシャノンは、自分の手になにかを感じて、てのひらを調べた。「これはなに？」

セバスチャンははっと息をのんだ。それまでは、シャノンが手の印に気づかないよう、力を使って隠していたのだ。だが、その力が弱ってきている……。

彼女はこすり落とそうとしていた。「なにかしら？」

答えかけて、セバスチャンは言葉に詰まった。真実を知らせる必要はない。少なくとも今は。深刻な話を持ちだして、せっかく楽しんでいるシャノンの邪魔をしたくない。「時間の旅をしたせいだよ」彼は嘘をついた。「たいしたことじゃない」

「ああ」シャノンは手をおろした。「そうなの」

楽師がまた演奏を始めた。セバスチャンは彼女に断って席を離れた。

シャノンは眉をひそめた。彼の態度のなにかが気になる。

セバスチャンは背筋をまっすぐ伸ばして肩を張り、ゆっくりすぎるほどの足取りで歩いている。

あとをつけていくと、彼は館の外へと出ていった。建物の角を曲がり、小さな井戸に向かっている。

彼女は少し離れたところに立って、セバスチャンが井戸から水をくみ、仮面をはずして顔に水をかけるのを眺めていた。

「セバスチャン？」そっと声をかけながら、彼の傍らに近づいた。「どうしたの？　わたしに話して」

セバスチャンは手袋をはめた手で髪をすいて湿らせた。「なんでもない、本当だ」

「さっきからそう言っているけれど……」

シャノンが腕に触れてきた。その感触に彼は揺さぶられ、うめきたくなった。欲望が全身を駆けめぐり、体が激しく反応する。

ドラゴンが牙をむいてうねり、彼女を求めていた。〝彼女を奪え、奪え、奪うんだ〟

だめだ！　シャノンの命を犠牲にするわけにはいかない。彼女を危険にさらすことはできないのだ。

「きみをこちらへ連れてくるべきではなかった」セバスチャンは内なるドラゴンを抑えようと力を内側に向けた。「すまない」

彼女が微笑んだ。「謝らないで。うまくいかないわけがないわ。ここはこんなにすてきなんだもの」

セバスチャンはぎゅっと目を閉じて顔を背けた。そうするしかなかった。内なる獣がまたしても牙をむいて、よだれを垂らしているのだ。

〝彼女をわがものにしろ〟

ドラゴンはシャノンのすべてを求めている。

彼のなかの人間も同じだった。

股間がいっそうかたくなり、自分でもあとどのくらい抑えていられるか自信がなくなってきた。

シャノンは、むさぼるように自分を見つめてくるセバスチャンのまなざしに野性を感じた。強い欲望に体が反応する。彼女は驚き、恐ろしくなった。こんなふうに見つめられていたい。いつまでも。

セバスチャンがあえぎながら、彼女の顔を両手ではさんで引き寄せ、激しく口づけた。シャノンはむきだしの情熱を感じてうめき、彼にもたれかかった。

そして首に腕をまわすと、筋肉の収縮が伝わってきた。昨夜の記憶が押し寄せてくる。セバスチャンの裸身が月明かりを浴びてうごめく様子が浮かび、彼が深く自分のなかに入ってきたときの感覚がよみがえった。

セバスチャンは彼女の唇を味わい、舌をからみあわせながら、うめき声をあげた。情熱に駆られて理性を失い、シャノンを門の壁に押しつけた。

たとえ結果がどうなろうと、時や場所がどこであろうと、彼女が欲しい。

セバスチャンと壁のあいだにはさまれて、シャノンは彼の下半身の高まりを感じた。引き寄せられるように腰を彼にすりつける。もう一度、セバスチャンをなかで感じたい。ふたりを隔てるものがなにもない状態で肌を重ねたい。

「あなたがわたしにしていることはなに？」シャノンはささやいた。

ぼうっとした頭にその言葉がしみこんできて、セバスチャンは体を引いた。それでもまだシャノンの香りしか感じられない。脳内を彼女の香りがめぐり、めまいがひどくなりそうだった。彼は頭をさげてもう一度唇を重ねてから、はっとしてやめた。

小さく声をあげながら、無理やりシャノンを放す。もう一度キスをしたら、この庭で獣のように彼女を奪ってしまうだろう。シャノンのやさしさや、選択などまったく考えることなく。

体を重ねてわがものにする瞬間は特別なものでなければならない。そんな大事なときを、カタガリアのようなやり方で汚したくはなかった。ああ、こんなふうに彼女を奪うことはできない。誰に見られるかわからないような場所では。絶対にドラゴンに負けてなるものか。

「シャノン」セバスチャンはささやいた。「頼む、室内に戻ってくれ」

彼女は抵抗しようとしたが、セバスチャンの体が突き離すように冷たくなったのを感じて思いとどまった。「わかったわ」

シャノンは館の角で足をとめ、彼を振り返った。セバスチャンは井戸に寄りかかるようにして、頭を突っこんでいる。いったいなにが問題なのかわからなかったが、よくない状況なのはわかる。

「おい、これでも食らえ！」

子供の笑い声に振り返ると、さっき木の剣でセバスチャンと戦っていたふたりの少年が庭を突っ切ってくるところだった。

「殺してやる、性悪のドラゴンめ」ひとりが声をあげる。ふたりが鍛冶《かじ》場に駆けこんでいくと、蹄鉄《ていてつ》工は悪態をつき、さっさと家に帰って食事をしろと、少年たちを追い払った。

シャノンは頭を振った。時代は変わっても、絶対に変わらないこともあるのね。ほかにもまだ故郷を思わせるものがありそうだわ。そう思いながら、彼女は庭を横切っていった。

セバスチャンは深呼吸をして、力を呼び戻そうとしていた。これはよくない。このままシャノンの近くにいたら、金曜日になる前に、カタガリアの三人組とは戦えない状態になってしまいそうだ。

なんとしてでも、もとどおりの強い力を取り戻さなければならない。そのためにはシャノンを自分のものにするか、あるいは安全な場所を見つけて彼女をかくまい、距離を置くかしかない。

そうしなければ、ふたりとも死んでしまうだろう。

ふと、ささやくような声が聞こえ、セバスチャンは声の主を探して庭を見まわした。〝バス〟というニックネームで呼ばれたのは何世紀ぶりだろうか。

「バス?」

右手に金色の光がきらめいた。なんと現れたのはダモスで、地面に倒れている。傷ついた動物のように、兄は手足を地面について頭を低く垂れていた。

わが目が信じられないまま、セバスチャンは兄に駆け寄った。「ダモスか?」

ダモスが頭をあげて彼を見た。憎悪と蔑《さげす》みを向けられると覚悟していたのに、兄の顔に浮かんでいたのは苦痛と罪悪感だけだった。「タペストリーをとってきたのか?」

　セバスチャンは答えられず、兄の顔をもう一度見つめた。ふたりの体格や見た目はほとんどそっくりだった。違いと言えるのは髪の色だけだ。セバスチャンは黒髪で、ダモスは濃い赤毛だった。

　自分と同じ色の瞳をのぞきこむうちに、セバスチャンの脳裏を過去が駆けめぐった。

〝おまえはただの臆病《おくびょう》な裏切り者だ。おまえなんか、なんの価値もない。ぼろぼろにされたのがおまえだったらよかったんだ。もし少しでも正義というものがあるのなら、墓に横たわっているのはおまえであって、アンティフォーネではなかったはずだ〟残酷な言葉が頭のなかでこだまする。今でも二〇〇回鞭打《むちう》たれたときの、鞭の先の感触が残っていた。

　打ちのめされて血まみれになったセバスチャンは汚物だめに捨てられた。そのまま野垂れ死にするも生きのびるも好きにしろと、放置されたのだ。

　彼はそこから這いだし、なんとかたどり着いた森で数日間、生死の境をさまよった。どうやって生きのびたかは、いまだに自分でもわからない。

「バス！」ダモスが声をあげた。ゆっくりと立ちあがろうとして、顔をゆがめている。ダモスがよろけると、セバスチャンは意に反して、とっさに手を貸した。井戸まで連れていき、寄りかからせてやる。

ダモスの長い赤毛はのび、血がこびりついてもつれていた。顔は傷だらけで、服は破けている。「ひどい格好だな」

「ああ、まったくだ。拷問を受けているときに、格好なんか気にしていられないからな」

セバスチャンにも身に覚えがあった。「逃げてきたのか？」

ダモスがうなずく。「タペストリーは？」

「安全な場所にある」

兄はじっとセバスチャンを見た。「本気でおれのために、あれを交換するつもりだったのか？」

「だからここまで持ってきたんじゃないか」

ダモスは目に涙を浮かべて弟を見つめた。「おまえには申し訳ないことをした。すまなかったな」

セバスチャンは呆然とした。なるほど、ダモスも謝ることがあるのだ。

「カタガリアの連中から、あの日なにがあったかを聞いた。やつらがどうやっておまえをだましたかを」ダモスはセバスチャンの首の傷に手をあてた。アンティフォーネの命を救おうとしたときに受けた傷だ。「あんな連中を相手に、よく生きのびたな。それに、おれのためにこんなことをしてくれるとは思わなかったよ」

「ほかになにかできるわけでもないからな」

ダモスは苦しげな声をあげて、手で目を押さえた。「くそっ、あのいまいましい探知能力め。おれを探しているんだ」

セバスチャンは背筋が寒くなった。力をなくしている彼は探知能力の動きを感じることができない。だがダモスに追っ手が差し向けられたのなら、いずれは……。

シャノン！

心臓が早鐘を打つのを感じながら、セバスチャンは館に向かって走りだした。

ああ、ノートがあれば、今目にしていることをすべて書きとめられるのに。本当に信じられないことばかり！

シャノンは魅せられたように、露店や小さな家々の前をぶらぶらと歩いていった。なかをのぞくと、家族が食事をしながら夕べのひとときを過ごしている。

「迷ったのかい？」

後ろから聞こえた声に振り向いたところ、三人の男が立っていた。みなハンサムで、かなり背が高い。「いいえ。ちょっと外の空気を吸っているだけよ」

金髪の男が三人組のリーダーらしい。「女がひとりでいるのはすごく危険だ、そうだろう？」

シャノンは急に不安になって眉をひそめた。「なんですって？」

「なあ、アクメネス」金髪の男は傍らの長身のブルネットに向かって言った。「アルカディアンが別の時代の人間を連れてくるなんて、どうしてかな？」

ただの不安は消え、本気で恐ろしくなってきた。男は現代英語を話しているのだ。

シャノンはセバスチャンのもとへ戻ろうとしたが、三人目の男につかまった。

男は彼女の右手をかかげて仲間に見せた。「メイトだからだよ」

アクメネスと呼ばれた男が笑った。「こいつは貴重だな。人間のドラゴンスワンを持ったアルカディアンか」

「いや」金髪の男がさえぎった。「それだけじゃないぞ。人間のメイトを得た、孤独なセンティネルだ」

三人は残忍な笑い声をあげた。

シャノンはぎろりと目をむいた。なにもできないように見えるかもしれないが、長いあいだひとりで生きてきたのだ。ひとりで生きる女として、いくつか身につけたことがある。

テコンドーはそのひとつだった。彼女は肘をつかんでいる男から身をよじって逃れると、ほかの男たちにつかまる前に館へ向かって駆けだした。

だがあいにく、カタガリアの連中のほうがずっとすばやくて、館に着く前に再びつかまってしまった。

「彼女を放せ」庭の向こうから、恐ろしい雷鳴のようにセバスチャンの声がとどろいた。彼は剣を抜いている。

「これはこれは」アクメネスが皮肉めかした口調で言う。「最高じゃないか。力を失ったセンティネルか」

その言葉を聞いて、シャノンは胸が苦しくなった。

セバスチャンはあざけるような笑みを浮かべた。「力がなくても、おまえらを倒すくらいはできる」

一瞬のうちに、カタガリアがセバスチャンに襲いかかった。

「逃げろ、シャノン」セバスチャンは叫びながら、最初に手を伸ばしてきた男に強烈な一撃を食らわせた。

シャノンは遠くまでは行かなかった。複数の相手に立ち向かうセバスチャンを、ひとり残していくことはできなかったのだ。もちろん、彼が助けを必要としているわけではない。連中が一度にかかってきても、彼は巧みに反撃していた。

「おい、アクメネス」地面に倒れていたいちばん若いカタガリアが、あえぎながら立ちあがった。「こいつは手ごわいぜ」

アクメネスが笑った。「人間の姿でいるあいだだけだ」

とたんに、アクメネスはドラゴンの姿になった。喧嘩《けんか》が始まったときに集まってきていた群衆が悲鳴をあげて逃げだした。

シャノンもよろよろと後ろにさがった。

少なくとも六メートルほどの背丈になったアクメネスは、見るからに恐ろしかった。薄暗い夕暮れどきの光のなかで緑とオレンジのうろこがきらめき、青い翼がはためく。彼が振りまわす鋭くとがった尾を、セバスチャンはひょいひょいとよけている。

ほかのふたりも、またたくまにドラゴンに変身した。

セバスチャンは両手で剣をきつく握りしめて、三頭に立ち向かった。たとえ力が残っていたとしても、変身はできないのだ。人間の村では禁じられている。

くそっ、フェイツめ。

「どうした、カタラキス？」アクメネスが挑発する。「人間たちを守るためでも、誓いを破れないのか？」

ブラシスが声をあげて笑う。「こいつは変身できないんだ。力がばらばらになっているのさ。おれたちをとめるだけの力はない」

アクメネスはうろこに覆われた大きな頭を振ってため息をついた。「とんだ期待はずれだな。長年おれたちを追っかけてきたくせに、結局はこのざまか……」彼は舌打ちした。「死ぬ前に教えてやるが、おまえのドラゴンスワンは、おまえの妹と同じようにおれたちが利用させてもらうよ」

生々しい苦悶がセバスチャンの全身を貫いた。

生気を失った妹の体を泣きながら腕に抱いたときに目にした顔が、肌についた血の感触が、まざまざとよみがえる。

「殺せ」アクメネスは命じると、シャノンに向かってきた。

セバスチャンのなかのドラゴンが復讐《ふくしゅう》を求めてうなりをあげる。アンティフォーネを助けることはできなかった。だが、絶対にシャノンは死なせてなるものか。あんなことは二度とあってはならない。

彼は人間の部分を獣の部分に明け渡し、自分でもそれと感じないうちに一気に変身した。感じたのはメイトへの愛情と、法を犯しても、理性をかなぐり捨ててでも彼女を守りたいという必死な思いだけだった。

シャノンはセバスチャンがドラゴンになったのを見て凍りついた。アクメネスと同じくらいの大きさになった彼は、血のような赤と黒のうろこに覆われている。残忍で恐ろしい邪悪な存在にしか見えなくて、彼女は二秒前までそこにいたはずの男性の面影を必死に探し求めた。

だが、ひとつも見あたらない。

目の前の生き物は、ただひたすら恐ろしいだけだ。

アクメネスがくるりと身を翻し、自分の仲間を攻撃しているセバスチャンに向き直った。彼らが原始時代の恐竜のように戦いはじめると、村じゅうに炎が走った。

やがてぞっとすることに、セバスチャンが左側にいたドラゴンを鋭いひとかみで倒した。右側にいたドラゴンは傷を負ってよろよろと彼から離れ、空へと逃げていった。

シャノンをつかまえようとしたアクメネスに、セバスチャンはつかみかかった。二頭が落ちると地面が揺れた。殴りあっているところは人間らしい戦いぶりだが、尾がとぐろを巻いたり、お互いを突き刺そうと動いたりしているところはいかにもドラゴンらしい。

二頭のドラゴンが傷だらけになっていくのを見て、シャノンは顔をしかめたが、どちらも決して引きさがろうとしなかった。こんな戦いは見たことがない。二頭とも一歩も引かずに、血みどろの果たしあいをしていた。

アクメネスがセバスチャンを持ちあげて頭の上から投げ飛ばし、自分はごろごろと転がって立ちあがった。よろめきながら空に向かって飛び立とうとしたが、踏み切る前にセバスチャンの尾で心臓をひと突きにされた。

「ドラゴンめ!」

村人たちが武器を携えて戻ってきた。村を襲った怪物をやっつけるつもりなのだ。

最初、シャノンは村人たちがセバスチャンを助けに来たと思ったが、すぐに彼を攻撃するつもりだと気がついた。

シャノンは思わず彼に駆け寄った。「逃げて、セバスチャン」

彼は動かない。恐ろしい目で彼女をにらみつけてきた。その瞬間シャノンは、自分の知っている人はこの体のなかには存在しないのだと悟った。

群衆から攻撃を受け、ドラゴンが彼女に向かって牙をむいた。頭をのけぞらせて咆哮をあげる。

けれども驚いたことに、ドラゴンは人々を攻撃しなかった。

かわりにシャノンを大きな鉤爪でつかまえて、空に舞いあがった。

彼女は悲鳴をあげた。どんどん地面が遠ざかっていく。どこに連れていかれるのかもわからないが、それ以上にこんなことは我慢がならなかった。

「セバスチャン？」

彼はシャノンの声を聞いた。だが、ずっと遠くに聞こえる。彼女のことはぼんやりとしか思いだせなかった。

ぼんやりと……。

セバスチャンは絶叫した。なにかが頭の上を飛び越えていったのだ。振り返ると、ブラシスがこちらに向かって戻ってくるところだった。

その光景を目にしたとたん、セバスチャンのなかの人間としての記憶が一気に戻ってきた。

〝セバスチャン、助けてくれ。ぼくたちはスレイヤーの罠《わな》にかかったんだ〟

〝だめなんだ、パーシー。アンティフォーネをひとりにはできない〟

〝彼女は丘にいれば安全だよ。ぼくたちは開けた場所で敵にさらされている。お願いだよ、セバスチャン。この若さで死にたくない。お願いだ、やつらにぼくたちを殺させないでくれ。きみならやつらをやっつけられる。お願いだ、頼むから助けてくれ〟

そこでセバスチャンは心に呼びかけてくる救助要請に従って、いとこと弟を助けに行ったのだった。いとこのパーシーの訴えが罠であるとも知らず、パーシーがセバスチャンを洞穴からおびきだそうとしているとも知らずに。

彼が到着したときにはパーシーは虫の息で、敵が無理やりいとこを使ってセバスチャンを呼び寄せたことを知ったが、もう手遅れだった。

妹をかくまっておいた洞穴に戻ったときには、スレイヤーたちはすでに消えていた。

妹の命とともに。

想像を絶するほどの絶望感に打ちのめされたセバスチャンは、追放処分を受けたときにも言い訳はしなかった。

ダモスの罵《ののし》りに対しても、いっさい言い返さなかった。

アンティフォーネをひとり残していった自分が悪いのだ。

彼は、自分が抱えている女を見た。

シャノン。

フェイツはこの女性をぼくに託した。兄がアンティフォーネを託したように。

ブラシスに彼女を渡してなるものか。今度は絶対に守ってみせる。たとえどんな犠牲を払おうと、シャノンは守る。

セバスチャンは森へ向かった。

小さな空き地におろされるとき、シャノンは息をとめていた。

「隠れろ」ドラゴンの口から怒ったような彼の言葉が漏れた。

シャノンはなにも言わずに木々や下草のあいだに駆けこみ、安全な場所を探した。森は深く、すぐにドラゴンの姿は見えなくなった。だが二頭が戦う音は聞こえ、足もとの地面が揺れるのを感じた。

緑色のドレスを着ていたことをありがたく思いつつ、シャノンは木立を見つけてもぐりこみ、じっと祈りながら待った。

セバスチャンはブラシスのまわりをまわっていた。その一瞬一瞬を、体内にドラゴンの血が流れる感触を楽しみながら。二五四年のあいだ、この瞬間を夢見てきたのだ。復讐を果たすときを。

ついにそのときがやってきた。

ブラシスはあの日のスレイヤーの最後の生き残りだった。セバスチャンは、ひとり、またひとりと追いつめてきた。時と空間を超えて、追いつづけてきたのだ。

「あの世へ行く覚悟はできたか？」セバスチャンは敵に尋ねた。

ブラシスが襲いかかってきた。セバスチャンは歯を立てて肩にかみついた。血の味がする。

ブラシスも鉤爪でセバスチャンの背中を引き裂いてきたが、痛みはほとんど感じられなかった。それよりもブラシスの恐怖を感じた。鼻をつく不快な匂いとともに、恐怖がどんどんふくれあがるのがわかる。セバスチャンは笑いだした。

「おまえはおれを殺すかもしれないが」ブラシスがかすれた声で言う。「おまえも道連れにしてやる」

セバスチャンの肩に鋭い痛みが走った。歯をむいて首をめぐらせると、背中に短剣が突き刺さっていた。だが、痛みは短剣のせいではない。刃に塗られた毒のせいだ。ドラゴンの毒。

彼は苦痛に咆哮をあげながら、ブラシスのうろこに覆われた長い首を折ってとどめを刺した。

敵の死体の前に立ち、ぼんやりと見つめる。長い年月このときを待ちつづけていたのだから、敵を殺すことでもっと満足感が得られると思っていた。心をさいなんできた苦痛と罪悪感から解放されるものと期待していた。

だが、違った。

落胆以外、なにも感じない。裏切られた気がした。

なんてことだ。二五四年のあいだ、セバスチャンに平和とも言える瞬間を与えてくれたのは、たったひとつのことだけだった。

そのとき突然、森をつんざくような悲鳴があがった。

シャノン。

セバスチャンは六メートルもある体をのばし、ドラゴンの視覚や嗅覚《きゅうかく》、聴覚を使って森のなかを捜した。

しかし、なにも見つけられないし、匂いもわからないし、声も聞こえない。彼は心臓が激しく打つのを感じながら、シャノンが消えた森に向かった。一歩彼女との距離が縮まるたびに、感情という感情が全身を駆けめぐる。彼は今、アンティフォーネが死んだときのことをそのまま再経験していた。

罪悪感、恐怖、生々しい苦悶。

すさまじい勢いで襲いかかってくる人間の感情に、セバスチャンのなかのドラゴンは退却し、人間だけが残った。あの日、押しつぶされてしまった男。妹の墓の前で、二度とほかの人間には心を許すまいと誓った男だ。

その男は、ある晩のディナーの席で澄みきったブルーの瞳をのぞきこみ、そこに生きていたいと思えるような未来を見つけた。笑いと愛にあふれた未来。穏やかにひとりの女性と暮らす未来。彼女が傍らにいてくれたら、自分も強くいられる、地に足をつけていられると思った。

木の葉と茨《いばら》に肌が傷ついたが、セバスチャンは気にしなかった。

アンティフォーネと同じように、彼はシャノンをひとり置き去りにした。恐ろしい悪夢の前にひとりにしたのだ。

彼女をひとりに……。

セバスチャンは彼女の姿を見つけて動きをとめた。

眉根を寄せて、息をしようとあえぐ。毒のせいで視界がひどくぼやけていて、わが目を信じていいのかどうかもわからなかった。

ぱちぱちと目をしばたたく。もう一度。それでも眼前の光景は変わらない。

シャノンが手にした剣をダモスの喉に向けていた。

「バス、彼女に説明してくれ。おれがカタガリアじゃないことを」

振り返ったシャノンは、裸で森のなかに立っているセバスチャンを見つけた。

再び人間に戻った彼は青ざめ、汗にまみれている。

「彼を放してやってくれ」

セバスチャンの声を聞いて、自分がとらえていた男が嘘をついていなかったことがわかった。いい人たちの仲間なのだ。

セバスチャンがよろめいたのを見たとたん、シャノンは剣をとり落とした。

大急ぎで彼に駆け寄る。「セバスチャン？」

彼はシャノンの腕のなかでぶるぶる震えていた。ふたりはそのまま地面にくずおれ、彼女はセバスチャンの頭を膝に抱いた。

「きみが死んだと思ったんだ」セバスチャンが彼女の腕をさすりながらささやいた。「悲鳴が聞こえたものだから」

さっきまでシャノンに剣を突きつけられていた男が、ふたりの傍らにひざまずいた。「おれが彼女を驚かせてしまったんだよ。ブラシスをやっつけるのに手助けしようと思って、おまえの匂いを探っていたら、彼女にたどり着いたんだ。おまえ、メイトが見つかったとは言っていなかったよな」

シャノンは男を無視した。セバスチャンの体温が急速にさがっている。どうしてこんなに震えているの？　傷はそんなに深くはなさそうなのに。

「セバスチャン、あなた、どこが悪いの？」

「ドラゴンの毒か」

傍らの男が悪態をつくのを聞いて、シャノンは眉をひそめた。ドラゴンの毒ですって？

「セバスチャン」男は叫ぶように呼びかけるとセバスチャンの顔を両手ではさみ、自分のほうを向かせた。「おれの前で息絶えるのはやめてくれ。頼む、戦うんだ」

「兄さんにとって、ぼくはとっくの昔に死んだも同然じゃないか」セバスチャンはかすれた声を絞りだし、男から顔を背けた。「苦しんで死ねとぼくに言っただろう、ダモス」

セバスチャンは目を閉じた。

シャノンはダモスの瞳に浮かぶ悲しみを見ながら、自分も苦痛に身を引き裂かれそうな思いだった。こんなことが現実のわけがない。早く目を覚ましたい。でも、これは悪夢なんかじゃない。現実なのよ。

ダモスが緑がかった金色の瞳に力と感情をこめて、シャノンをじっと見つめた。「きみが助けてやらない限り、こいつは死ぬ」

「なにをしたらいいの？」

「生きる理由を与えてやるんだ」

シャノンの手の印が、ちりちりとうずきはじめた。模様が消えかけている。

彼女は眉をひそめた。「どういうこと……？」

「弟は死にかけているんだ。こいつが死んだら、きみの手の印も消える」

その瞬間、現実がものすごい勢いで迫ってきた。セバスチャンが死ぬ？

いやよ、そんなことあるわけがない。

「セバスチャン？」シャノンは彼を揺さぶった。「聞こえる？」

セバスチャンが腕のなかでかすかに動いた。

こんなふうに逝かせるわけにはいかない。絶対に。まだ知りあって一日しかたっていないけれど、ずっと昔から一緒にいたような気がするのだ。彼を失うと考えただけで、自分の一部も失われてしまいそうだった。

「セバスチャン、ホテルの部屋でわたしに言ったこと、覚えてる？　あなたは言ったわよね。〝朝ひとりぼっちで目を覚ましたとき、誰かがそばにいてくれたらと強く願う気持ちは、ぼくにもよくわかる〟って」

シャノンは彼の頬に唇を押しあてて涙を流した。「もうひとりでいるのはいやなのよ、セバスチャン。今朝みたいに、朝はあなたとともに目覚めたい。あなたの腕に抱かれ、あなたの手に髪をなでられていたいの」

セバスチャンが彼女の腕のなかでぐったりとなった。

「いや！」シャノンは彼をぐっと胸に抱き寄せて叫んだ。「どうしてこんなことをするの、セバスチャン・カタラキス。輝く鎧をまとった騎士が存在することを、やさしくて礼儀正しい男性が存在することを信じさせておきながら、わたしを置いて逝ってしまうなんてひどすぎるわ。あんまりよ、セバスチャン。家に連れて帰ってくれるって約束したじゃない。わたしのそばを離れないって約束したじゃないの」

彼女のてのひらの印が消えた。

シャノンは胸が張りさけんばかりに泣いた。この瞬間まで、彼女は気づいていなかった。どんな障害があろうとも、理性に反していようとも、この男性を愛しているということに。

セバスチャンを失いたくない。

シャノンは涙に濡れた頬を彼の唇に押しあてた。「愛しているわ、セバスチャン。せめて、わたしたちふたりがどうなるか見届けるまで生きていて」

そのとき再び、てのひらがちりちりとしだした。燃えあがるようにうずき、やがて彼女の頬に、ゆっくりとかすかに息がかかった。

ダモスがふうっと息を吐きだした。「そうだ、やったぞ、弟よ。おまえのメイトのために戦うんだ。ドラゴンスワンのために」

シャノンはダモスを見あげた。彼は自分のマントを脱いで、セバスチャンの体を包んでやっている。

「彼は助かる？」

「わからない。でも、がんばっている。フェイツが望めば、こいつは助かる」

3

シャノンはセバスチャンの熱い額を冷やしてやりながら、どうか助かりますようにと祈り、戻ってきてと彼にささやきかけた。

セバスチャンの容体が安定すると、ダモスはふたりをサセックスの小さな村に案内した。人間とアルカディアンがともに暮らし、働いている村だ。アルカディアンは、時間の旅は満月のときにしかできないが、魔法を使う空間移動ならいつでもできる。同じ時間枠のなかでなら、どこへでも行きたいところへ行けるのだという。

シャノンには理解できないことだったが、どうでもよかった。大事なのは、セバスチャンが死から逃れようと必死に闘っているということだけだ。

今は真夜中をとうに過ぎていた。ふたりきりでいる大きな部屋では、壁にしつらえられた鉄の台にともされた蠟燭だけが唯一の明かりだった。セバスチャンはベッドの上で、シーツにくるまれて横たわっている。ベッドはドラゴンと小麦の模様の彫刻が施され、揺らめく白いカーテンで囲まれていた。開け放った窓から夜の物音が流れこんでくる。シャノンは彼が目を覚ます兆候はないかと待ち受けていた。

だが、いっこうにその気配がない。

夜明けの少し前、彼女はとうとう疲労に負け、セバスチャンの傍らに横になって眠りに落ちた。

「シャノン?」

実体をなくして、ふわふわと漂っているような心地がする。

いつのまにか、野の花が咲き乱れる夏の野原に立っていた。身にまとっているのは、透けそうに薄い白いドレスだけだ。遠くの地平線を背景に中世の城が見えた。研究していた文献に出てきた城を思い起こさせる光景だ。

だが、どれも現実のものとは思えなかった。たくましい腕に抱きしめられるまでは。

振り向くと、後ろにセバスチャンが立っていた。シャノンと同じく、彼も薄い白のパンツをはいているだけで、裸も同然だった。ハンサムな顔を縁どる黒髪がそよ風になびき、顔には魅惑的なえくぼが浮かんでいる。彼女は胸の高鳴りを覚え、セバスチャンの腕のなかで体の向きを変えると、てのひらに出現した印を彼のセンティネルの印であるタトゥーにあてた。「これは夢なの？」

「ああ。きみと話をするには、この方法しかなかったんだ」

シャノンは眉をひそめた。「どういうこと？」

「ぼくは死にかけている」

「嘘よ」彼女は声を張りあげた。「あなたは今も生きている。わたしのところに戻ってきてくれたのよ」

彼のやさしいまなざしに、シャノンは胸がどきどきした。「一部はね。でも、まだ目覚めるのに必要な力が足りないんだ」

セバスチャンは地面に腰をおろし、彼女を引き寄せた。「今日はきみが恋しかったよ」

シャノンも同じ気持ちだった。自分でもなぜかわからなかったが、そもそも感情というのは説明しきれるものではない。彼が意識を失っているあいだは、自分の大切な部分が失われてしまったみたいだった。

今、セバスチャンの腕に抱かれ、彼にもたれかかっていると、再び自分を取り戻せた気がした。満ち足りてあたたかい。

セバスチャンが彼女の手をとり、親指でそっと指をなでた。

「あなたを失うなんて耐えられない」シャノンはささやいた。「あちらの世界での自分の人生について、何時間も考えていたの。寂しくて空っぽだった。一緒に笑いあう人もいなかったわ」

セバスチャンが彼女のこめかみに唇を押しあて、やさしくキスをした。それから両手で彼女の頭をはさみ、額をすりあわせた。「わかっているよ、いとしい人。ぼくは洞穴でひとりぼっちで生きてきた。外の風の音だけが友だった。でもきみのもとに戻るには、力を取り戻さなければならないんだ」

「どうやって取り戻すの？　力を失ったのはどうして？」

セバスチャンが顔をすり寄せてささやいたので、シャノンは肌に彼の唇の動きを感じた。こうしてまた彼に抱きしめられているのがうれしかった。「力を自分に対して使っていたんだ。自分のなかのドラゴンの部分と人間の部分とのバランスをとろうとしていたんだよ」

彼に触れられると全身が燃えるようだ。セバスチャンがそばにいないのなら、あと一日だって生きていたくない。あのいたずらっぽい笑みと深いえくぼを見られないのはいやだ。

とにかく、わたしにはこの人が必要なのよ。

「どうしてそんなことを？」

セバスチャンは体を離して、彼女の指先にキスをした。「きみを守るためだ」

「なにから？」

「ぼくから」彼はさらりと言った。

その言葉に困惑して、シャノンはセバスチャンを見あげた。この人にわたしが傷つけられることなどないのに。そうでしょう？　ドラゴンになったときでも、彼はわたしを守ってくれた。「わからないわ」

セバスチャンが彼女のてのひらの印を親指でなぞる。彼を見ているうちに、シャノンは腕がぞくぞくして、胸がうずくのを感じた。

彼の瞳には悲しみが浮かんでいる。「きみにてのひらの印のことをきかれたとき、ぼくは嘘をついた。われわれ種族にかけられた呪いのひとつは、生涯でたったひとりのメイトにしか出会えないということなんだ。われわれはメイトを選べない」

シャノンは眉をひそめた。ダモスは彼女のことをセバスチャンのメイトと呼んだが、いくら尋ねても、どういう意味なのか話してくれなかった。その説明をするのはセバスチャンの役目だと言って。

セバスチャンは彼女のてのひらに口づけた。「われわれアルカディアンやカタガリアが生まれると、運命の三女神《フェイツ》はすぐにメイトを選ぶ。われわれはずっと、自分の分身を探しながら生きていくんだ。人間と違って、メイト以外とは家庭を持ったり、子供を授かったりすることができない。分身を見つけられなければ、人生をずっとひとりきりで生きることになるんだ。きみは人間だから、ほかの人を愛する自由がある。しかも一度だけではなく、何度でも愛することができる。でも、ぼくはできないんだよ。シャノン、すべての時代、世界のなかで、唯一きみしか愛することができないんだ。ぼくが家族を持てるのも、きみとだけだ。そしてぼくが求めるのもきみだけなんだ」

シャノンはプラトンの学説を思いだした。ひとりの人間はふたつの半身に——神によって男と女に分けられているという説だ。今になってわかった。プラトンの学説はシャノンが属する人類にあてはまるものではなく、セバスチャンの属する種族の現実に基づいているのだ。

「じゃあ、どうすれば力を取り戻せるの？」

セバスチャンは指で彼女の唇に触れ、切ないほどの欲望をこめて見つめてきた。彼はキスしたいのを我慢しているのだ。

「きみがぼくをメイトとして求めるという誓いを立てなくてはならないんだ」セバスチャンは静かに言った。「力はセックスによってよみがえる。強化されるんだよ。ぼくはきみに無理を言って誓いを立ててほしくなかった。だから必死に自分を抑えてきたんだ。すべてのアルカディアンとカタガリアは、自分のなかの人間と獣の半身とのあいだで微妙なバランスを保っている。ぼくはきみを守ろうとして自分自身と闘いつづけ、そのバランスを壊してしまった」

「誓いを立てるだけで力を取り戻せるの？」

彼はうなずいた。

「誓いを立てるというのは、具体的にどういうこと?」

セバスチャンがシャノンの顎に指を走らせ、彼女の体の奥に火をつけた。

「誓いを立てるというのは、きみがぼくを魂の伴侶《ソウルメイト》として認めるということだよ。儀式自体はきわめて簡単なものだ。きみが印のついたてのひらをぼくのてのひらに合わせて、ぼくの体を受け入れる。そしてぼくを抱きしめたまま、こう言うんだ。〝わたしはあるがままのあなたを受け入れます。いつもあなたをこの胸に抱きつづけます。永遠にあなたの傍らを歩いていきます〟と」

「それで?」

「ぼくがきみに同じことを言う」

そんな簡単なことでいいの? それだけでいいのなら、どうして彼は必死に抵抗していたのだろう? 「それだけ?」

セバスチャンはためらっている。

シャノンは心のなかでうめいた。「その顔なら知っているわ」少しだけ彼から離れる。「あなたがそういう顔をするのは、本当のことを話してくれていないときよ」

セバスチャンは微笑んで、彼女の頬にさっと口づけた。「そうだよ、まだあるんだ。ぼくたちがひとつになるとき、ぼくの生まれながらの本能がきみをぼくに結びつける」

それもそう悪い話には聞こえない。「結びつけるって、どうやって？」

「血で」

「たしかにその部分は気に入らないわね。〝血で〟というのはどういう意味？」

セバスチャンは両手を後ろについて体をそらし、シャノンを見つめた。「人間が血を使って、きょうだいの契りを結ぶことがあるのは知っているね？」

「ええ」

「基本的にはそれと同じことなんだ。ただ、ひとつ大きな違いがある。ぼくの血がきみの体内に流れたら、ぼくたちの命は完全にひとつのものになるんだよ」

「わたしたちがひとりの人間になるってこと？」

「いや、そういうことではない。ギリシア神話を覚えているかい？」

「いくつかは」

「アトロポスが誰かは覚えている?」

シャノンは首を振った。「いいえ、さっぱりわからないわ」

「モイライ、つまりフェイツのひとりだ。ぼくたちが生まれたときにメイトを選ぶのは彼女なんだよ。そしてぼくたちがそのメイトと結ばれることを選択したら、彼女の妹で人生の紡ぎ手であるクロトが、ぼくたちの人生の糸をよりあわせる。普通の人間の場合、その人生が終わるときというのは、アトロポスが糸を切ることで死がもたらされる。だがぼくたちがひとつに結ばれていると、糸も一本になっているから、片方だけを切ることができないんだ」

「死ぬときも一緒なのね」

「そのとおり」

まあ、なんて重い契約かしら。とくに彼にとっては犠牲が大きすぎる。「ということは、あなたの寿命も人間並みになってしまうわけね」

「いや。ぼくの糸のほうが強いんだ。きみがアルカディアンの寿命を得ることになる」

てこと？」


シャノンは目をしばたたいた。「わたしが何百年も生きられるようになるってこと？」

セバスチャンがうなずく。「さもなければ、明日ふたりで死ぬか」

「まあ。ほかにもなにかあるの？」彼女は興味津々だった。「わたしもあなたみたいな力を持てるの？　マインド・コントロールとか？　時間の旅とか？」

彼は声をあげて笑った。「いや。残念だったね。ぼくの力はぼくの生まれと運命に結びついている。ふたりの契りが及ぶのは命の糸だけだ」

シャノンは微笑み、彼の脚のあいだで膝立ちになった。そのままかがみこむと、セバスチャンが腕を突っ張っていっそう体を後ろにそらした。彼女は唇をかみながら、ハンサムな顔を、味わいたくてたまらない唇をじっと見つめた。

「それであなたがわたしに捧《ささ》げてくれるのは、ゴージャスで信じられないほどセクシーな男性というわけね？　その人はこれから何世紀かのあいだ、わたしだけに愛情を注いでくれるのよね？」

「ああ」

彼女は笑みを大きくした。「絶対に浮気はしない？」

「絶対に」

シャノンはセバスチャンを地面に押しつけて彼のウエストにまたがり、手をついて顔があと数センチのところまで身を乗りだした。パンツ越しに彼の下腹部のこわばりが脚のあいだにあたる。セバスチャンが欲しくてたまらなかった。けれども先に、その結果がどういうことになるのか、はっきりさせておかなくてはならない。

「いいこと、この話にノーと言うのは至難の業だわ。いったいどんな不都合があるのかしら？」

セバスチャンが腰を動かしたので、彼女の体はますます燃えあがった。彼はシャノンのおくれ毛を耳にかけてくれたが、それ以上は触れようとしなかった。すべてを彼女の意思にゆだねようとしているのだ。

「ぼくの死を願っているカタガリアの連中がいる」セバスチャンは真剣な口調で言った。「やつらは絶対にぼくたちを追ってくるのをやめないし、ぼくは追放された身だから、ふたりだけでカタガリアに立ち向かわなければならない。ぼくたちの子供は人間ではなくアルカディアンになる。そして、やはりカタガリアと戦わなければならない。でもいちばん重要なことは、きみがずっとこの中世にとどまらなければならないということだ」

「どうして？」

「きみの時代の電気のせいだよ。ぼくらは変身の際に電気ショックを利用するんだ。アルカディアンでも、半身の動物が鷹や豹《ひょう》、狼、熊などだったら、きみの時代でも生きられる。外界から電気の刺激を受けてうっかり変身してしまっても、人間から隠れられる小さな動物や普通に存在する動物ならごまかせるからね」

「でも、あなたがドラゴンになってしまったら、映画のゴジラみたいになってしまう」

「そのとおり。そしてきみの時代には、ぼくの力を奪う電気機器が多すぎるんだ。悪く思わないでほしいんだが、ぼくは誰かの科学実験の材料になるのはごめんなんだよ。もうそういう目にあうのはたくさんさんだ」

シャノンは彼にまたがったまま上体を起こして、今聞いたばかりの話をひとつひとつ吟味していった。

この人は、一生続く契約の話をしているのだ。

セバスチャンは不安とともにシャノンを見守った。彼女と愛しあいたくてたまらないときに触れずにいるのには、意志の力を総動員しなければならなかった。シャノンにはすべてを話した。あとは彼女が決めることだ。セバスチャンは震えていた。彼女が去ってしまったらと思うと恐ろしかった。

シャノンが彼の両手をとって、自分のウエストにあてがった。「わたしたちの子供は普通の子供なのよね?」

「ああ、完璧に普通だよ。人間の子供と同じように成長する。ただし、思春期を迎えるのは二〇代になってからだ」

「それって、そんなに問題かしら?」

セバスチャンは笑った。

「ああ、そういえば、あなたはもう追放の身ではなくなったのよ」

彼は眉根を寄せた。「なんだって?」

「カタガリアの連中がダモスを拷問しているときに白状したんですって。アンティフォーネからタペストリーを手に入れるために、あなたを罠にはめたって。

でも、彼女は絶対にタペストリーを渡さなかったそうよ」

「なぜだ？　あのタペストリーのなにがそんなに重要なんだ？」

「残念ながら、理由なんてなかったのよ。ただカタガリアの連中は、あのタペストリーに不死の秘密が隠されていると思いこんでいたの。どうやらカタガリアの伝説では、彼らの創造主の孫娘が祖父をたたえてつくった作品に秘密がこめられているということになっていたらしいわ。やつらがダモスをつかまえたのも、彼がタペストリーを持っているだろうと思ったからよ。タペストリーの所在を知っているのがあなたしかいないと知って、あなたと取引することにしたのね」

「妹はなんの理由もなく死んだのか？」

「しいっ」シャノンが彼の唇に手をあてた。「真実がわかって、タペストリーが無事だったことを喜びましょう。ダモスは過去の埋めあわせをしたがっているわ」

セバスチャンには信じられない話だった。今さら追放処分が解けたというのか？

そうとなれば、シャノンは安全に暮らせる、本物の家を持てるということだ。そこでなら子供たちも安全だ。

シャノンはセバスチャンに体を重ね、彼の香りを吸いこんだ。「だから、あなたはもうひとりぼっちではないのよ、セバスチャン。わたしがいなくてもね」

「それは違うよ。ぼくにはきみがほかのなによりも必要なんだ。きみの瞳をのぞきこむまで、ぼくの心は死んだも同然だった」

セバスチャンは両手で彼女の顔を包みこんだ。「きみにぼくを求めると誓いを立ててもらいたいんだ、シャノン」熱っぽく訴える。「残りの人生、朝にはきみを腕に抱いて、きみの髪をなでながら目覚めたい」

以前自分が言ったのと同じ内容のことを彼が口にするのを聞いて、シャノンは感激した。わたしの話を覚えていてくれたのね。「わたしもあなたが欲しいわ」

セバスチャンは笑いながら体を反転させ、彼女を地面に押しつけて覆いかぶさった。

ふたりはこらえきれないといったように口づけを交わし、お互いの服を脱がせていった。

裸身が触れあうと、シャノンは少し体を引いた。「夢のなかの誓いでも大丈夫なの？」

「これは本当は夢じゃない。別の次元の出来事なんだよ」

「そういう話をされるたびに怖くなるわ」

彼は微笑んだ。「この世界について、たくさん教えてあげられることがあるよ」

「すべて教わりたいわ」シャノンはおいしそうな唇に口づけて、むきだしの脚をからみあわせた。セバスチャンのこわばりが腰にあたり、彼女を欲望で燃えあがらせる。

「本当にいいんだね？」彼がシャノンの顎に唇を這わせながら尋ねた。「この先、『バフィー～恋する十字架』は見られなくなるんだよ」

シャノンはそのことをもう一度考えながら、ふっと息を吸いこんだ。「正直に言うと、すごく難しい決断よ。テレビでスパイクがはねまわったり、かっかしたりするところを見るのと、数百年間ギリシアの神と愛しあうのと、どちらを選ぶか」小さく舌打ちする。「女としてはどうするべきかしらね？」

セバスチャンが耳に舌を這わせてささやいてきたので、彼女はうめいた。

「きみの意見を揺るがすにはどうしたらいいのかな？」

「そこから始めるのは正解よ」シャノンはため息を漏らした。セバスチャンが頭をさげて熱い唇で胸を含むと、全身がぞくぞくした。「テレビを見る以外の時間の過ごし方を見つけないといけないわね」

「それならぼくも手伝ってあげられそうだ」彼が再び体を反転させ、シャノンを上にのせた。

セバスチャンの熱っぽいまなざしを受けて、彼女は燃えだしそうだった。

「伝統によると、きみが儀式の主導権を握らなければいけないんだ。誓いの儀式は、女性がその命と信頼をメイトの手にゆだねるためのものだからね。きみがぼくを受け入れたら、ぼくのなかの獣の部分は、きみを守るためにどんなことでもする」

「みんなの前でドラゴンに変身したみたいに？」

セバスチャンがうなずく。

彼女は微笑んだ。「三年生のときにあなたを知らなかったのが残念だわ。ひどいいじめっ子がいて――」

彼はシャノンのおしゃべりをキスで封じた。

「うーん」シャノンがささやく。「いいわ。それで、どこまで話したんだったかしら？」

彼女はセバスチャンの顎から胸へと口づけていった。

乳首を舌と唇で刺激されて、セバスチャンはうめいた。力が再びみなぎってきて、周囲の空気までもがその力を帯びたのがわかる。

シャノンも気がついていた。エネルギーが全身を愛撫するように駆けめぐるのを感じて、うめき声をあげる。

彼が左手をかかげた。てのひらの印がきらきらと輝いている。シャノンはセバスチャンの瞳をのぞきこみながら、彼の手に刻まれた印に自分の印を重ね、指をからませた。

なにか熱いものが全身を突き抜け、シャノンを包みこんだ。荒い息をついている彼は人間の姿のままだが、瞳には獣が見える。

こんなセクシーな存在、見たことがないわ。

シャノンは体を弓なりにすると、腰を持ちあげて彼を深く招き入れた。

ふたりは同時にうめいた。

ゆっくりと体を沈めていきながら、彼女はセバスチャンの顔を見つめた。

「あら、誓いの言葉を忘れてしまったわ」

セバスチャンは笑って腰をあげ、奥深くまでシャノンのなかに入っていった。

彼女がうめき声をあげた。それを聞きながらセバスチャンは誓いの言葉を教える。「〝わたしはあるがままのあなたを受け入れます〟」

「ああ」シャノンはささやき、自分がしていることを思いだしながら彼の言葉をくり返した。「わたしはあるがままのあなたを受け入れます」

「〝いつもあなたをこの胸に抱きつづけます〟」

「うーん。いつもあなたをこの胸に抱きつづけます」

「〝永遠にあなたの傍らを歩いていきます〟」

彼女はセバスチャンの胸、心臓のあたりに手をあてた。「永遠にあなたの傍らを歩いていきます」

セバスチャンの瞳が異様なほど濃くなった。彼は空いているほうの手をあげ、シャノンの頬にあてた。セバスチャンの声は深くて低く、ドラゴンと人間の声が一緒になったような響きがあった。「わたしはあるがままのあなたを受け入れます。いつもあなたをこの胸に抱きつづけます。永遠にあなたの傍らを歩いていきます」

言い終わるか終わらないかのうちに彼の歯が長く鋭くなり、瞳の色が黒曜石のように黒くなった。

「セバスチャン？」

「怖がらないで」彼は牙をむきだした。「ドラゴンがきみと絆《きずな》を結びたがっているんだ。でも、ぼくがコントロールしているから大丈夫だよ」

「わたしもドラゴンのあなたと絆を結びたいと思っているとしたら？」

セバスチャンはためらった。「本当にいいんだね？」

シャノンは動きをとめ、じっと彼の瞳を見つめた。「わたしはずっとひとりで生きてきたのよ、セバスチャン。もう一日だって、ひとりはいやなの」

彼はシャノンとひとつになったままで体を起こした。

シャノンが腕をセバスチャンのウエストに巻きつけると、彼も腕をまわして彼女を引き寄せた。シャノンは心地よさに声をあげた。

彼女は腰をあげ、もう一度セバスチャンの上に身を沈めようとした。

「そうだよ、いとしい人。ぼくをきみのものにしてくれ」彼はシャノンをゆっくりと導き、さらに力が戻ってくるのを待った。この先へ進むには、すべてをコントロールできていなければならないのだ。

印が刻まれた手を重ねたまま、セバスチャンは彼女を自分のほうに引き寄せた。どくどくと脈打つ鼓動を感じるためだ。

力が完全に整ったことをたしかめると、セバスチャンは身を乗りだして、彼女の首にそっと歯を立てた。

彼の熱い息と歯があたるのを感じて、シャノンは身を震わせた。だが不思議なことに、痛みはまったく覚えなかった。それどころかエロティックな快感に全身がはじけ、色と音だけの感覚に包まれた。自分のなかで動きまわるセバスチャンの強さを感じ、彼の香りにのみこまれて、頭をのけぞらせる。まるで電気が走ったような、めくるめく快感だ。

視覚が鋭くなり、自分の歯も伸びたような気がした。

シャノンはうなり声をあげながら、本能的にするべきことを悟った。セバスチャンの肩をつかみ、彼の腕に抱かれたまま頭を前へ倒して肩に歯を立てる。

ふたりがひとつになった瞬間、時がとまった。存在すら知らなかったような場所で体と心が結びつき、息もできなくなった。そこには彼らしかいない。聞こえるのはふたりの鼓動だけ。存在するのは、つながったふたりの体だけだった。

セバスチャンは絆が結ばれたのを感じて鋭い声をあげた。熱を帯びてうねる空気のなか、ふたりはともに絶頂に達し、あまりにも激しい快感にそろって声をあげた。

ぐったりとしてあえぎながら、彼はシャノンにキスをして抱き寄せた。彼女の歯が引いていくのがわかる。

「信じられないわ」シャノンは彼にしがみついたままで言った。

セバスチャンは微笑んだ。「一度きりなのが残念だ」

「そうなの？」

彼はうなずいた。「きみは完全に人間に戻ったんだよ。ただし、長い人生が待っているけどね」

シャノンは唇をかんで、熱っぽい、期待をこめたまなざしをセバスチャンに向けた。「そして、あなたはわたしのペットのドラゴンなのよね」

「ああ、マイ・レディ。きみはいつでも好きなときにドラゴンをかわいがることができるんだ」

彼女は声をあげて笑った。「ねえ、あなたをひと目見た瞬間から、これはすべて奇妙な夢なんじゃないかという気がして仕方がなかったのよ」

「もしそうだったら、ぼくは夢から覚めたくないな」

「わたしもよ、いとしいあなた。わたしも覚めたくないわ」

エピローグ

二年後

シャノンは勝利に胸を高鳴らせながら演壇をおりた。部屋じゅうの歴史学者たちが、彼女の論文と研究発表に言葉を失っていた。シャノンはずっと夢見てきたことを、とうとう実現したのだ。

そう、彼女はタペストリーの謎を解明したのだった。タペストリーは今また、博物館に展示されている。

「すばらしい研究ですな、カタラキス博士」ラザルス博士が握手を求めてきた。

「まったくもって革新的だ。これでわれわれも新時代に突入ですね」

「ありがとうございます」

シャノンは彼のわきをすり抜けようとしたが、行く手をさえぎられてしまった。

「どうやってあの答えを見つけたんですか？　つまり、あの『ドラゴンの書』ですが、アレクサンドリア図書館にあったとおっしゃっていましたよね？　どうやって見つけたのです？」

ラザルス博士の肩越しに、壁に寄りかかっているセバスチャンの姿が見えた。胸の前で腕を組み、じっとシャノンを待っている。全身黒ずくめで、恐ろしいほどに決まっていた。

でも本当は、鎧をまとった姿が懐かしい。あのおいしそうな筋肉の上に鎖帷子をまとった姿が……。

ああ、早く家に戻らないと。大急ぎで。

シャノンはラザルス博士と彼の質問に注意を戻した。

『ドラゴンの書』は去年の誕生日にセバスチャンから贈られたものだった。彼の話では、アレクサンドリア図書館が火災で焼失する前の日に持ちだしてきたのだという。その本とアンティフォーネのタペストリーを使って、シャノンはセバスチャンの種族にまつわる神話をでっちあげたのだ。ドラコス族の真実が〝専門家〟によって解明されるのを避けるためだった。

アルカディアンのドラコス族が、人間の好奇の目にさらされることがないように。

「あの本は、とある屋敷の競売で見つけたんです。リッチモンド博物館に寄付してあります」シャノンはラザルス博士の腕を軽くたたいた。「失礼してもよろしいでしょうか?」

そう言って彼女は博士のわきをすり抜けた。

だがセバスチャンのところまで行き着く前に、今度はハーター博士に呼びとめられた。「仕事に戻る話、考えてくれたかね?」

シャノンは首を振った。「いいえ、博士。お話ししたように、わたしは引退したんです」

「しかし、たった今きみが発表した論文は――」

「わたしは家に帰ります」シャノンは博士に論文を手渡した。「どうぞ出版して、お好きなようになさってください」

ハーター博士が白髪まじりの頭を振った。「『ドラゴンの伝説』。すばらしい学説だよ」

　シャノンは微笑んだ。「そうでしょう？」

　ようやくソウルメイトのもとにたどり着くと、セバスチャンが腕をまわして抱き寄せてくれた。「きみがぼくたちを助けてくれたのか、傷つけたのか、よくわからないな」

「人間にあなたたちのことをかぎつけられるわけにはいかないでしょう。こうしておけば、誰もタペストリーのことを詮索しなくなるわ。タペストリーはあなたが当初望んだとおりに保存されるし、学界は真実をかぎまわるのをやめてくれる」

　シャノンが顔をあげると、セバスチャンは博物館の壁にかかったタペストリーを見つめていた。妹のことを思うとき、彼はいつもひどく悲しい顔になる。

「運命の三女神《フェイツ》が過去をやり直させてくれないのは残念ね」

　セバスチャンはため息をついた。「ああ。だがぼくたちががんばれば、きっと一〇倍にして返してくれる」

シャノンは彼をぎゅっと抱きしめてから、後ろにさがった。出発の時間だ。

「さてと」セバスチャンは彼女の肩に腕をまわして博物館の外へ出た。「今夜は満月だ。家に帰る準備はいいかい?」

「もちろんよ、ドラゴンの騎士殿。でも、その前に……」

「わかっているよ」彼が苦しげなため息をつく。「ぶっつづけで『バフィー～恋する十字架』を見るんだろう。こっちの世界へ来るたびに、いつもこれだからな」

シャノンはけらけらと笑った。たまにこちらの時代へ来たときは、セバスチャンは辛抱強く彼女のしたいことにつきあってくれる。シャノンは好きだった番組を全部見ることにしていた。「実はね、サセックスにいるときにいちばん恋しく思っているものがあるのよ」

「なんだい?」

「ホイップクリーム製の下着」

セバスチャンは眉をつりあげ、それからえくぼを見せて、いたずらっぽく微笑んだ。「きみの考え方、大好きだよ」

「それはよかったわ。じゃあ、わたしがなにを考えているかわかるわよね」

「なにかな？」彼はドアを開けながらきいた。

「ドラゴンスワンには親切にせよ。なぜなら汝の裸はゴージャスで、ホイップクリームをつけるとおいしいのだから」

訳者あとがき

ライムブックスで初登場のシェリリン・ケニヨンの『永遠の恋人に誓って』をお届けします。

シェリリン・ケニヨンは、「ダークハンター・シリーズ」を始めとするパラノーマル系ロマンスで注目を集めている人気作家です。ダークハンター・シリーズは、ギリシア神話をベースに構築された複雑な世界で、強力なヴァンパイアから世界を守るダークハンターと現代女性とのロマンスを描いた連作です。同じ世界で、人間の夢を守るドリームハンター、凶悪なスレイヤーを追うウェアハンターが活躍する作品も合わせて、これまでに一九作品が出版されています。本作はそのなかの、ウェアハンターものにあたります。

ケニヨンの作品は出版されるたびにベストセラーリストに名を連ね、現在では世界三〇カ国以上で二〇〇〇万部以上が読まれています。日本では「ダークハンター・シリーズ」の第一作『暗闇の王子――キリアン』、第二作『夜を抱く戦士――タロン』、第三作『漆黒の旅人――ザレク』、関連作品の『囚《とら》われの恋人――ジュリアン』(いずれも竹書房ラズベリーブックス)と、現代を舞台にした別のシリーズの『瞳の奥のシークレット』(ヴィレッジブックス)が紹介されています。

ケニヨンはギリシア神話に独自のアレンジを加え、神々の怒りや気まぐれによって生みだされた半神半人、半獣半人など、人間を超えた存在が種々共存する世界をつくりあげました。遠い昔に神々にかけられた呪いに苦しみ、過去の過ちゆえに長く孤独な人生に耐えてきた男たちが、現代の普通の女性と出会うところから物語は始まります。最初はヒーローのセクシーな魅力に心惹かれたヒロインも、やがて彼の心の闇を知ります。はたしてヒーローは愛によって癒されるのか、運命は変わるのか――。細かく構築されたユニークな世界を背景に、超人的な力を持つヒーローの心の葛藤、人間らしさ、そこに作用する愛の力が丹念に描かれているところに、シェリリン・ケニヨンの作品の魅力があるのではないでしょうか。本作は短めの作品ですが、こうした魅力を充分に味わっていただけるものと思います。

ケニヨンの公式サイト（http://www.sherrilynkenyon.com/）には作品リストのほかに、エキゾティックなヒーローたちをはじめとして、個性豊かな登場人物のそれぞれのプロフィールやイメージが紹介されています。その人物がほかのどの作品にわき役として登場しているかもわかるようになっているので、複雑な物語世界のつながりをかいま見ることができます。ぜひご覧になってみてください。セバスチャンは、みなさんのイメージどおりでしたでしょうか？

二〇一〇年五月

ライムブックス Luxury Romance

永遠《えいえん》の恋人《こいびと》に誓《ちか》って

著者　シェリリン・ケニヨン
訳者　尾高《おだか》 梢《こずえ》

2010年6月20日　初版第一刷発行

発行者　成瀬雅人
発行所　株式会社原書房
〒160-0022東京都新宿区新宿1-25-13
電話・代表03-3354-0685
http://www.harashobo.co.jp
振替・00150-6-151594

ブックデザイン　Malpu Design（原田恵都子）
印刷所　中央精版印刷株式会社

落丁・乱丁本はお取り替えいたします。
定価はカバーに表示してあります。
 ISBN978-4-562-04387-3, printed in Japan